王子の夢と鍵の王妃

王子《おうじ》の夢《ゆめ》と鍵《かぎ》の王妃《おうひ》

妃川《ひめかわ》 螢《ほたる》
ILLUSTRATION：壱也《いちや》

王子の夢と鍵の王妃

LYNX ROMANCE

CONTENTS

王子の夢と鍵の王妃

高い塔の上、腰より長い銀髪をそよぐ風になびかせ、遠く地平線の彼方《かなた》へ細めた銀眼を向ける小柄な少年が、天に向け、両掌を掲げる。

左手には背丈ほどもある杖《つえ》、右手には頭ほどもある水晶玉。

拭えない違和感は、杖と水晶玉が、少年の手の内にないことによる。宙に浮いているのだ。

少年の手から発せられる見えない力によって操られているかのように、指先から数センチの距離を保って彼の動きに合わせて動き、浮いている。

ツリ目がちの大きな銀眼がカッと見開かれ、少年の全身がプラチナのオーラに包まれる。

「見つけた……！」

少年の声に反応するかに、背後に長身が立つ。

「ようやくか」

低く艶《つや》のある声が、吹き抜ける風に散らされることなく銀髪の少年の鼓膜に届いた。

「チャンスは一度きりだ」

少年の言葉に、声の主が「わかっている」と頷《うなず》く。

直後、長身はプラチナの光に包まれ、その光の玉が目に痛いほどの輝きを放った後、何かに吸い込まれるかのように急速に収縮して、銀髪の少年の頭上で消えた。

力を使い果たしたかにその場にくずおれる少年の身体《からだ》を、消えた長身とは別の、だが消えた男同様、腰に剣を携えた人物が抱きとめる。

「どうかご無事で、殿下」

わずかに空間の歪《ゆが》みの残る空を見上げ、男が目を細める。

その空の下には、煉瓦《レンガ》造りの街並みが広がる。地平線の彼方に何があるのか、知る者のない世界だ。

＊　＊　＊

いつも同じ夢を見る。

子どもの頃《ころ》からずっとだ。

夢の中の世界はつながっていて、夢を見る夜の数だけ、夢の中の時間も流れる。

広い広い平原の真ん中に、幼い少年が佇《たたず》んでいる。

淡い髪色、同じ色の瞳。

不安げに、眉根を寄せている。

そんなところでひとりでどうしたのだろう、親とはぐれたのか……と心配で見ていると、ややして視界がぐるっと回って、視点が変わる。そして気づく、少年は自分自身なのだと。

果てなく地平線の彼方までつづく平原。

足元に目を移せば、白や黄色やピンクの小花が、吹き抜ける風に花弁を揺らしている。

「――――」

誰かに呼ばれた。

声の方を振り返ると、どこから現れたのか、黒髪碧眼《へきがん》の華奢《きゃしゃ》な少年が駆けてくる。子どもの自分より背が低い、少女のように愛らしい美少年だ。

「――――！」

飛びついてきて、何やら嬉《うれ》しそうに話しかけてくる。だがその声が、はっきりと聞こえない。

――なに？　何を言っているの？

はじめての夢は、ここでブツリと途切れた。目が覚めたためだ。

二度目に夢を見た夜、夢の中の世界の時間は少し先に進んでいた。少年と手に手を取って平原を歩いた。三度目の夜に、ファンタジー映画に見るような荘厳《そうごん》な城に辿《たど》り着《つ》いた。

そうして一晩一晩、物語は進んでいく。

かならず登場するのは黒髪碧眼の少年で、彼も自分も、夢の中で成長していく。

だというのに、朝起きると、少年の顔も、声も、名前も、覚えていない。果てなくつづく平原の風景とか、城の中の造りとか、傅《かしず》く使用人たちの顔だとか、そんなものは不気味なほどはっきりと覚えているのに、肝心要が抜けている。

どうしてこんな夢を見るのか。記憶をなくす以前の自分が、実の両親に読んでもらった絵本の中の世界かもしれない。あるいは一緒に楽しんだゲームだろうか。

そんなことを考えるようになった頃には、現実の自分も夢の中の自分も、青年になっていた。

いい大人になっても、ファンタジーな夢を見つづけた。

心療内科にかかるべきかと考えたこともある。

だが自分の生い立ちが、精神になんらかの影響を及ぼした結果見る夢だと思えば、医者の厄介になるようなことでもないかと思えた。

親に捨てられた子どもにしては、自分は至極真っ当な大人になったと思う。

なのに、大人になってもまだ、同じ夢を見つづけている。

騎士に魔法使いに、城には王様が住んでいる。いいかげんファンタジーは卒業しようぜ俺、と思うのに、夢の中の世界は広がりつづける。

このまま、夢の中の自分は、現実の自分と同じように年齢を重ねて、一生を終えるのだろうか。あるいは、いずれかが先に逝《い》くのか。

夢の中の自分が先に逝ったら、もう夢は見なくなるのだろうか。

それはちょっと寂しい。

そうなったとき、黒髪碧眼の幼馴染《おさななじみ》の彼は、どうするのだろう。

夢が消える前に、せめて彼の名を知りたい、声を聞きたい。会えるものなら会ってみたい。そんなことを考える、大人になりきれない自分がいる。

＊＊＊

ブラックというほどでもないがホワイトでもない。月に百時間以上のサービス残業を強いられるようなことはないが、だからといって大手一流企業に就職した大学時代の同級生に自慢できるほど福利厚生が充実しているわけでもない。

どこの企業もそんなものだろう。仕事は楽しいかと訊《き》かれれば、つまらなくはないしそれなりにやりがいも感じていると返す。だが、本当にやりたいことをやっているかと訊かれれば、即答できない。だがこれも、世間の大半のサラリーマンが似たような状況に置かれているに違いない。

「なんか食って帰るか……」

会社から駅へ向かう道を、ビル街の間に造られた緑地公園を横切ることでショートカットしつつ、ネクタイのノットを緩める。

ひとり暮らしの部屋の冷蔵庫に、食材らしい食材など入っていない。缶ビールも、昨日呑《の》み干してしまったから、帰り道のコンビニで調達しなくては。

そんなことを考えながら、須東珪《すどうかい》は目線の高さに腕時計を上げた。

「くっそ、何がプレミアムフライデーだよ。ぜんっぜんプレミアムじゃねぇっつの！」

早い時間に退社して時間を有効に使いましょうと国が推奨している日に、トラブルが起きて残業を余儀無くされた身としては、ぼやきたくもなるというもの。

終電を逃さずに済んだだけマシという時間になっている。こんな時間にやっているのは、二十四時間営業の牛丼屋かファミレスくらいのものだ。

それすら昨今、営業時間短縮傾向にあって、珪が就職した当時に比べると深夜営業の店は減っているように感じる。

電車に乗る前に空腹を満たそうと考えて足を早めた。マンションの最寄《もよ》り駅前には、終電が着く前に閉店してしまう牛丼屋とコンビニしかない。会社の周辺のほうが、ビジネス街ではあってもいくらかマシだ。

公園の街灯が薄暗いがゆえに、立ち並ぶビルの窓の明かりが目立つ。やはりいつもの週末より明かりのついている窓が少ない印象だ。世の中にはプレミアムな週末を楽しむ余裕のある会社も存外と多いらしい。

そんなことを考えながら、小走りに近い早足で公園の出口へ急ぐ。街灯の少ない公園の暗さは、男の自分でも不安を覚えるほどだから、女性なら身の危険を感じるのもさもありなんだ。

どこからか、犬の吠《ほ》え声。

夜中に犬を散歩させる人もいると聞くが、酔狂なことだと珪は思う。犬は好きだが、やはり散歩は朝の清々《すがすが》しい空気を吸いながらするに限る。

大人になって、自分で稼いだ金で生活できるようになったら犬を飼ってみたいと思っていたけれど、実現できないままだ。

本当の息子として育ててくれた里親との関係は良好で、養父も養母もやさしい人だったけれど、最後の最後、どこかで甘えきれない気持ちがあったのは、保護された日も里親に引き取られた日も、はっきりと記憶が残る年齢だったためだろう。

だから、犬が飼いたいと、言えなかった。

来月の月命日は平日だから有給休暇を申請しておかなくては……と、珪が社会人になったのを見届けるように相次いで逝《い》った養父母のことを、今日はやけに思い出す。

実親の記憶はもちろん、保護される以前の記憶の一切がない珪にとっては、亡くなった養父母がただひとりの父であり母だった。ふたりだけが家族で、そのふたりが逝ったあと、他に頼る親類縁者もなく、ひとりで生きてきた。

それゆえ、家庭への憧れが強く、早く結婚して家庭を持ちたいと思っているのだけれど、なかなかチャンスに恵まれないでいる。養父母に孫の顔を見せてあげられなかったことが、いまとなっては心残りだ。

学生時代から、決してモテないわけではないのだけれど、どうにも長つづきしない。いつも心のどこかに違和感を覚えて、何が？　と訊かれても困るのだが、「違う」と感じてしまうのだ。

スーツの上着のポケットから携帯端末を取り出して、スケジュール管理アプリを立ち上げる。来週の合コンには期待しているのだ。今度こそ、ゴールまで辿り着ける相手と出会いたい。

心の隙間《すきま》を埋めたいだけだろうと言われたら反論できないが、人生をともに生きるパートナーを求める気持ちが強いのは十代の頃からで、そのくせ誰と付き合っても長つづきしないのはどういうわけなのか。

何かが「違う」という思いが強くなって、気持ちが離れて、なのにひとりがいやでズルズルと関係を引き延ばすのはいつも自分で、最後は毎度向こうに愛想を尽かされ振られる。その悪循環を、いいかげん終わりにしたい。

三十路《みそじ》手前にもなって、連日コンビニとファストフードのお世話になる食事ともそろそろおさらばしたいところだ。

犬の鳴き声がうるさい。

いつもと違う空気を感じ取って、ふいに意識を引き戻された珪は、公園を横切る歩道の中程で足を止めた。

「いつもこんなじゃ――」

呟《つぶや》いたタイミングで、唐突に犬の鳴き声がやむ。

——……？

なんだ？

足元を、冷たい風が吹き抜ける。ちょうど、ゲリラ豪雨が襲う直前のような不穏な空気感。公園の木々が立てる葉音がやけに耳につく。

首を巡らせて、薄暗さに気づく。

月が隠れたのか？　と視線を上げて、ビルの明かりがない——いや、空が真っ暗であることに気づいて目を瞠《みは》った瞬間、視界が白一色に染まった。

カッ！　と眩《まばゆ》い光が剣のように、空を覆う闇を貫いたのだ。

「……っ⁉」

反射的に目を瞑《つむ》るものの、光が強すぎて瞼《まぶた》を閉じていても眩《まぶ》しいと感じる。

「な……に？」

突風が吹き抜けて、両腕で顔を遮る。

いったい何が起きたのか。恐る恐る腕の隙間から、光の柱が立ったほうへ目を向けた。

光が渦巻いていた。

それが徐々に収縮するとともに細長い形を取り、中心に影が生まれる。

——……？

その影が、人の形を取りはじめたことに気づいて、珪は眩さに顰《ひそ》めていた瞼を瞬《しばたた》く。

光の中心から現れた人の形をしたそれは、珪と変わらないくらいの体格で、逆光の中にも異様な姿であることがわかった。

光の渦が消えても、あたりは闇に包まれたまま。

月はどこへ消えたのか。ビル群の明かりは？

だが、そんなことに意識を向けていられない状況が、珪の眼前に迫っていた。

——なん…だ……？

驚きと恐怖がないまぜになった感情を持て余して動けないまま、真正面から迫り来るものを凝視する。

光の渦の影響か、風か何かのエネルギーのようなものになびく黒髪とマント。耳に届く、無機物同士がこすれあう鈍い金属音。

ようやく視界の暗さに慣れてきた網膜が捉えたものに、珪は血の気が下がるのを感じた。

——夢……見てるの、か……？

自分はあまりゲームをしないほうだけれど、テレビのＣＭなどでよく目にする、ファンタジーゲームの絵面が脳裏を過る。

珪の視線の先に立つ人型をしたもの——人は、ファンタジーゲーム創作物の世界から抜け出てきたかのような、現代日本の公園にいるはずのない、異様な風貌をしていたのだ。

ゴテゴテしい騎士服に足元まであるマント、腰に携えた長剣。ようやく視認がかなった容貌は黒髪碧眼の絵に描いたような二枚目。

コスプレ趣味の変人？

いや、じゃあさっきの光はなんだ？　悪戯《いたずら》にしては手が込みすぎている。

その、明るい陽射しの下に立っていたなら、嘲笑しか呼ばないような恰好をした長身の男が、ゆっくりと歩み寄ってくる。

逃げるべきか？

たしか公園を出て駅に向かう道の途中に交番があったはず。駆け込んで通報するべきだろうか。

身の危険を感じないわけではなかったが、銃刀法違反に問われるような凶器を振り回されない限りは、己の身を守ることくらいはできる自負があった。

だから、珪が立ち竦んでしまった理由は、あまりにも唐突にありえない恰好の人物がありえない登場の仕方をしたことによるものであって、コスプレ趣味の変人なのかなんなのか、よくわからない若い男が、自分になんらかの危害を加えようとしているかもしれないという危惧からではなかった。

空手の関東《かんとう》学生チャンピオンを、やすやすとどうこうできると思わないでほしい。大学を卒業して以降、ほとんど鍛錬を怠ってしまっている現状にはひとまず蓋《ふた》をする。

日本人以外の血が混じっているのか、彫りの深いハンサムだ。せっかくのイケメンが、なぜコスプレ趣味に走らなくてはいけなかったのか、モデルでも俳優でも、目指せばよかったものを。

人生を考え直せと、みっちり説教して追い返すか……などと、多少現実逃避に近いことを考えてい

た珪の耳に、低く艶のある声が届く。

「ようやく見つけた」

珪よりいくつか若いように見えるが、妙に威厳を感じさせる声だった。コスプレ趣味ではなく、劇団員の傍《はた》迷惑な稽古の一貫か？

「な、なんだ、おまえ」

妙なことをしていると一一〇番通報するぞ……とつづける声が上ずってしまって、口中で毒づく。こんなヤツに気圧《けお》されるなんて、自分にあるまじき……と、珪はぐっと奥歯を噛《か》み締めた。

「迎えにきたぞ、カイ」

さあ、帰ろう……と手を差し伸べられる。

「は？」

思わず聞き返してしまい、コスプレ野郎の眉間に皺《しわ》が刻まれるのを見て、無駄に刺激したか？と密かに拳《こぶし》を握りしめた。

その手が自分に伸ばされるようなら、容赦はしない。

「カイ？　私だ、ヴィルフリートだ」

覚えていないのか？　と低い声が尋ねてくる。

あいにくとコスプレ趣味の変わり者に知り合いはいない。他人の趣味にケチをつける気はないが、だったら見ず知らずの人間に迷惑をかけない場所でやってほしい。

ヴィルフリートと名乗る頭のおかしいコスプレ男が、どうやって自分の名前を調べたのかわからないが、下手に認めるのは危険だ。そうそうある名前ではないが、あてずっぽうの可能性もある。

「心を病んでるやつにキツイことは言いたかないけど、いいかげんにしねぇとホントに通報するぞ」

手にしていたビジネスバッグを投げ捨て、構える。

コスプレ男が、ますます怪訝《けげん》そうな顔をした。

「……なるほど」

ひとり勝手に合点して、長嘆を零す。

「シルヴィのやつ、こういう可能性があるならそうと——」

何やら思案げに呟いて、今一度珪に視線をよこす。

「しかたあるまい」

——……？

何をブツブツと……と、返そうとしたときだった。

「……っ⁉」

数メートルの距離を開けて立っていたはずのコスプレ男の顔が、ふいに目の前に迫る。

——な…に……っ⁉

反射的に攻撃に出たのは、防衛本能のなせるわざだった。

だが男は、珪の一撃を紙一重でかわし、反撃に出てくる。受け止めた拳は重かった。

――う…そ、だろ……？

学生チャンピオンになったときの決勝戦で戦った相手でも、これほどのパワーがあっただろうか。

はじめて身の危険を覚えて、珪は距離を取る。――つもりが、阻まれた。

「おとなしく帰還してもらう」

耳元で、不遜《ふそん》な声を聞いた。

次の瞬間、腹に衝撃。

「……っ！　ふ……ぐっ」

受け身すら取れず、もろに食らうなんてありえない。ありえないはずのことが、己の身を襲っている。

「お……まえ、なに……も、の……」

くそっ！　と毒づいて、白む意識をつなぎとめようとするものの、無駄だった。

身体が地面に倒れ込む感覚。

こんなヤツにやられるなんて……と、屈辱に臍《ほぞ》を噛んで、だが地面にくずおれる衝撃を感じる前に、珪の意識は完全に途切れた。

腕に倒れ込んできた身体を片腕で抱きとめて、ヴィルフリートは鞘《さや》から抜き取った剣を天にかざす。

天空を覆う闇が渦巻いて、現れたとき同様に、光の剣がふたりの頭上に落ちた。

天地を切り裂くかに眩い光は、一瞬にして消え、そこには、元のままの公園の風景。

珪が放り捨てたビジネスバッグに光の粒子の名残りが降り注いで、忽然《こつぜん》と消える。須東珪という人間がこの世界に存在していた痕跡ひとつ、そこには残されていない。

＊
＊
＊

瞼越しに明るい光を感じて、急速に意識が浮上する。

目覚まし時計鳴ったっけ？　と、寝起きの回らぬ思考で考えた。アラームの鳴る前に目覚めるなんて、空手に打ち込んでいた学生時代以来かもしれない。朝練に遅刻は厳禁で、自然と目覚ましが鳴るより早く、目が覚める身体になっていたあの頃。

時間を確認しようと、いつも枕元に置いているスマホに手を伸ばす。が、充電コードにつながっているはずのそれが見当たらない。サイドチェストの上を探るように手を動かして、感覚が違和感を捉える。

パチリ、と瞼を開けた。

——違う。

飛び起きて、目を瞬かせる。

白い壁、高い天井、カーテンの引かれていないアーチ窓。およそ自身の部屋とは程遠い情景に言葉もなく目を瞠る。

自分が寝ていたのが凝った装飾の施された天蓋付きの大きなベッドであることに気づいて、マジマジとそれを見上げた。

海外旅行の際に古城ホテルに宿泊でもしない限りは、経験することのない状況だ。自分はヨーロッパ旅行中だったろうか。

「……っ」

身じろぎをして、腹部に鈍い痛みを覚える。

途端、じわじわと記憶が蘇《よみがえ》ってきた。

目覚まし時計をかけ忘れたわけでも、豪勢にヨーロッパ旅行中のわけでもない。自分は昨夜、帰宅途中に奇妙奇天烈《きてれつ》な恰好をした二枚目なのにザンネンな男に絡まれて、そして……。

「ここ、どこだ？」

あきらかに自分のマンションではない。どこかのホテルか別荘か。たしかめようとベッドを降りて、そのときようやく自分が全裸であることに気づいた。

「な……っ、なんで!?」

酔っても脱ぐ趣味はない。ベッドの周囲を見ても、脱いだものは見当たらない。

「くそっ」

毒づいて、ひとまず状況の確認を優先させる。

大きなアーチ窓に駆け寄って、窓を開けた珪は、自身が見た光景を信じられず、今度こそ言葉もなく目を瞠った。

――夢と同じ……。

幼い頃から、何度も……いや毎日のように夢に見た、不思議な世界の光景が、窓の向こうに広がっていたのだ。

珪がいるのは高い塔の上の一室と思われる。そこから望める世界は果てしなく広く、地平線の向こうで透明度の高い青空と同化している。

濃い緑、おもちゃのような家々、酸素濃度の濃い空気。

ゲームや漫画などの創作物の世界にあまり触れることなく体育会系で育った自分の貧相な想像力がめいっぱい絞り出したかのような、ファンタジーの世界。

「うそ……だろ……」

自分はまだ眠っているのか？　夢のつづきを見ているに違いない。

そう考えようとしても、肌感覚が夢ではないと告げている。いつもの、ふわふわした感覚がない。

足が地についている。身体の重みを感じる。

——現実……？

頬をつねってみる。

思ったとおり痛い。

自分がおかしくなったわけではない。

「……」

状況を受け止めかねていると、ドアがノックされた。もはやまともな反応もできず、珪は黙ってドアをうかがう。

ややしてドアを開けたのは、見覚えのある二枚目だった。

たしかヴィルフリートと名乗っていた。

明るい陽の中では、その美貌がより際立つ。長身の上、腰の位置が高い。こんな妙な恰好ではなく、ブランドもののスーツでも着ていれば絵になるだろうに。

「気がついたか」

珪の姿が窓辺にあるのを見て、なぜか眉根を寄せ、大股に歩み寄ってくる。

身構えた珪に、黒髪碧眼の美丈夫は、思いがけない行動に出る。自身のマントを外し、珪の肩にかけたのだ。

「目の毒だ」

は？　と聞き返しそうになって、寸前で呑み込む。下手に刺激して、これ以上妙な状況に陥りたくはない。

おとなしく様子をうかがっていると、ヴィルフリートは入ってきたのとは別の扉を開け、「湯を浴びたければ好きに使え」と隣室が浴室であることを教え、「着替えろ」と、部屋の片隅に置かれていたトルソーを示す。

マネキンの胴体部分だけのようなものに、ヴィルフリートが着ているのと変わらない、奇天烈なコスプレ衣装がかけられていた。

「……俺が着ていたものを返してくれ」

こんな頓珍漢《とんちんかん》な恰好などできないと言外に拒絶する。

「あの妙な衣装か」

「おまえが脱がせたんじゃないのか!?　返せ！」

先月買ったばかりのおニューのスーツだ。量販店の吊《つ》るしでも、二十代のサラリーマンにはそこそこの出費だ。

「捨てた」

「はぁ!?」

捨てただと!?　と、珪は目を剝《む》く。

「まだ買ったばっかのスーツだぞ！　て…め、ふざけ――」

怒鳴りかけた言葉を、低く抑揚のない声に遮られる。

「早く着替えろ」

「……っ」

ギリリッと奥歯を噛むも、相手が取り合わないのでは、怒りの向けようがない。

「裸で出歩く気か？」

現実を突きつけられて、珪は「くそっ」と吐き捨てる。

ヴィルフリートが肩にかけたマントを剝《は》ぎ取って叩《たた》き返し、トルソーに手を伸ばす。ゴテゴテしいコスプレ衣装を四苦八苦して身につけ、これでいいのかと振り返る。

もっと重くて息苦しくて肩が詰まるものを想像していたが、素材がいいのか意外にも着心地は悪くない。――が、絶対に鏡は見たくない。

珪の着替えを鑑賞していたらしい変態野郎は、満足げに頷いて、聞き捨てならない感想をよこした。

「美しい」

よく似合っている、と甘い声がかけられて、夢なら早く覚めてほしいと強く願う。

いつもいつも、もっと見ていたいと思うところで覚めるはずの夢が、今日に限って一向に終わらないのが忌々《いまいま》しい。

「ここはどこだ？」

「グレーシュテルケ、そんなことも忘れてしまったのか？」

「忘れるって……」

どういうことだ？　自分は夢の中の世界に迷い込んだのではないのか？　非現実も極まるが、それ以外に考えられない。

「行くぞ。皆が待っている」

ヴィルフリートに手を取られ、部屋から連れ出される。

「え？　おいっ！」

グイグイと引きずられるようにして、これまた仰々しく壁に燭台《しょくだい》の並ぶ長い廊下を進んだ先、二階ぶん以上はあるだろう高い天井に届くほど大きな観音開きの扉の前で足を止める。

扉の両脇には、長い槍《やり》を持った憲兵らしき者たち。こういう絵面も、フィクションの世界で見たことがあるなぁ…と思いながら様子をうかがっていると、重い音を立てて扉が開く。

その向こうには、やはり想像のままの光景があった。居並ぶ人々の視線が一斉にこちらを向く。ひとりひとりがファンタジーゲームのキャラクターのような衣装を着ていて、ヴィルフリートひとりが頭がおかしいわけではないらしいと、あらためて己の置かれた状況を確認する。

ある者は怪訝そうに、またある者は落胆の表情を浮かべ、またある者は驚きに目を見開いているが、しかし大半は歓喜の感情をあらわにしている。

数十名……いや百人近い人々が、広い空間に集っている。ここはいったいなんだ？　と驚き固まる珪の背に手を添えて、ヴィルフリートが広間内へと促す。

「待ちかねたぞ」

高い声が、ドーム状の天井に響いた。少年の声だ。

集う人々の間から進み出てきたのは、銀髪銀眼の少年。床に届きそうな長い髪、全身をすっぽりと覆うマントは後ろを引きずっている。繊細な細工の施された大振りなピアスと、揃《そろ》いの腕輪が重そうだ。

それだけならまだしも、片手に水晶玉、片手に背丈ほどもある長い杖を持っている。ゲームはもちろん、漫画も小説も映画も、さほど興味のない珪の想像力では、ひとつの単語しか呼び起こされない。

――魔女？

だが、整った容貌をしているが、たしかに声は少年のものだった。男の場合、魔女ではなくなんと表現するのだろう。

「よう戻られた、グレーシュテルケの未来を占う鍵――我らが王妃よ」

不穏な言葉を聞いた気がした。

――……王妃？

少年姿の魔女が恭しく珪に跪《ひざまず》く。

それにならうかのように、集う人々が前から順に膝を折っていく様は、ある種異様な光景に、珪の目には映った。

――な……ん……？

傍らのヴィルフリートにではない。人々は自分に膝を折っている。

途端、足元から恐ろしさが押し寄せる感覚に襲われた。ゴクリと唾を呑み込む。

状況を把握するだけでいっぱいいっぱいの珪の肩に、ヴィルフリートが腕を回す。ぐいっと引き寄せられた。

何をする……と、咎《とが》める間もなかった。

「鍵は我が妃《きさき》となる！　玉座はこのヴィルフリートが貰《もら》い受ける！」

跪く一同に向けて、高らかに言い放つ。

――……はぁ!?

啞然《あぜん》と目を瞠る以外に、できることがあるなら教えてほしい。

集う人々から、おお……！　と湧《わ》き起こる歓声と歓喜。

「鍵が戻られた……！」

「これでグレーシュテルケは安泰だ」

「ノルドの王子が次期国王に決定だ！」

おおお……！　と、会場を揺るがすほどの興奮。

場内を満たすそれが波動となって珪の肌を震わせる。プラスの感情も、一度に向けられるパワーが大きすぎれば恐怖を覚えるのだと、はじめて知った。

じりっと、後退《あとずさ》る。

隙をついて逃げようとするのを察していたとしか思えないタイミングで、肩に添えられた手にグッと力が込められた。

「どこへ行く気だ？」

逃げ場所などどこにもない、と言われた気がした。

「……っ！」

ぐいっと、より強く肩を抱かれ、拍手喝采で湧く人の中に足を向ける。モーセの十戒の一場面のように、人混みが割れて道ができ、その向こうに一段高くなった雛壇《ひなだん》と、天井まで届くステンドグラス。

強引に雛壇に立たされ、するとまた歓声が大きくなる。

わけがわからず啞然とするばかりの珪の肩に添えていた手を腰に落として、ヴィルフリートが広間を見やる。

その堂々たる横顔を見やって、集う人々はいったい何にこれほど湧いているのか、こいつは自分をどうしたいのか、ぐるぐると思考が巡る。

珪の視線に気づいたヴィルフリートが、集う人々に向けていた顔をこちらに戻し、宝石のような青い瞳に珪を映す。いわゆるブルーアイズよりも、もっと濃い青だ。それゆえ、作りもののようにも見える。

その瞳が近づき、視界が陰ってようやく、距離感がおかしいことに気づいた。――が、遅かった。

唇に触れる熱。

アラサーといわれる歳《とし》にもなって、それがなんなのかわからないなどと言う気はない。たかがキスのひとつやふたつで大騒ぎする気もない。

たとえ相手が男でも。

これが飲み会の余興や罰ゲームなら。

笑って受け流す。

だがいま、珪が置かれた状況は、ありえない悪ノリに巻き込まれた宴会の余興でも罰ゲームでもない。

本当に、夢なら早く覚めてほしい。

そのとき、フッと意識が遠のいて、よかった、これで夢の世界から抜け出せる、と安堵《あんど》した。目が覚めたら、きっといつもの朝が待っている。

重力に引かれるように落下する身体を、力強い腕が支える。

「カイ……っ!?」

焦った声が呼ぶ。

ヴィルフリートのものだ。

閉じた瞼の向こうに、必死に自分を呼ぶ美しい顔を見たような気がした。ありえないのに。

須東珪には、幼少時の記憶がない。

最初の記憶は、ある施設の門扉の前で、ぽつんと立っているところからはじまる。

年齢もどこから来たのかも、まったく覚えていなかった。名前を訊かれて、「カイ」と答えたらしいが、本人は覚えていない。

ひとまず施設で保護されることになり、身体的特徴から、純粋な日本人ではなく、どこか他民族の血が混じっているらしいこと、たぶん六、七歳だろうことを、判断したのは施設の近所の医師で、専門家ではなかった。

記憶を取り戻す治療も、幼い自分が怖がったために途中でうやむやになり、けれど子ども特有の順応性の高さで生活に馴染《なじ》むにつれ、本人は記憶がないことなどまるで気にかける様子もなく、施設で暮らす子どもたちともすぐに仲良くなって、それどころかあっという間にリーダー格に収まっていたと、のちのち育ての親から聞いた。

カイを引き取って、珪と名付け、須東という名字をくれた育ての親は、多くを詮索しようとはせず、ただただ深い愛情を注いで育ててくれた。

長く子に恵まれなかった夫婦にとって、珪に記憶がないことが、逆にプラス要素だったのかもしれないと、考えたのは大人になってからだ。

本当の親の記憶がないがゆえに、珪は育ての親を、本当の親だと思って生きてきた。それだけが真実でよかった。

普通に学校に通い、習わせてもらった空手でめきめき才能を発揮して、学生時代には関東チャンピオンにまで上り詰めた。無償の愛情を注いでくれる両親にとって、自分が自慢の息子であれることが誇らしかった。

そうして学生時代を過ごし、ごく普通に恋愛もいくつか経験して、大学を出て、社会人になった。スポーツで食べていこうとは思わなかった。両親のためにも、安定した職に就きたかった。

特別可もなく不可もなく、幸せに生きてきた。ただひとつ、たいした親孝行ができないうちに両親が相次いで逝ってしまったことだけが、心残りだった。

幼少時の記憶などなくても、実の両親が誰かわからなくても、自分が本当は何者なのか知れなくても、生きていける。そう思っていた。

けれど、やはり心のどこかで、満たされない思いがあったのか、珪は夜毎《よごと》夢を見た。

少年の頃からずっと、同じ世界の夢を見た。

自分の裡《うち》に巣食う、満たされない何かが、見せるのかもしれない。奇妙な、けれど、妙に心惹《ひ》かれる異世界の物語だった。

主人公は自分。

登場人物は、名も知れぬ人々と、そして、唯一無二の親友。

この世界にも、親や家族の存在は見られない。

自分には、夢の中ですら、手を差し伸べてくれる親友以外、拠《よ》り所となる存在がないのだと、目覚めたときに、無意識に涙を流していることも、少なくなかった。

そしていまも、珪は夢を見ている。

いつもの夢を。

何度も何度も、夢に見た光景。

平原に佇む自分と、自分を呼ぶ誰かの声。

顔のはっきりしない幼馴染。

夢を見る夜の数だけともに成長して、夢の中で珪はもうひとつの人生を生きていた。

呼ばれているとわかるのに、どうして声が聞こえないのか。

大切な幼馴染だとわかるのに、なぜ顔が判然としないのだろう。

理不尽さを覚えて、地団駄を踏みたくなる。その感情の高ぶりによって、意識が浮上して、目覚め、夢の世界から引き戻される。

幼い頃からずっとそうだった。

なのに——。

『カイ……！』

呼ぶ声が鼓膜を震わせる感覚。夢の中だというのに。

驚いて振り返る。

草原を駆けてきて、珪を抱きしめたのは……間近に迫る親友の顔は――。


美しい、宝石のような青い瞳が、間近に自分を見下ろしている。

「……っ！」

飛び起きた直後には、悪夢から解放されたわけではないとわかった。

「痛……っ！」

「……っ！」

目の前に星が飛ぶとはまさしく。意識を失った珪を覗《のぞ》き込んでいたヴィルフリートに勢い余って頭突きを食らわした珪は、そのままベッドに倒れ込んだ。

――石頭め……っ！

胸中でたっぷりと罵って、呻《うめ》きつつ、身体を起こす。今回は素っ裸ではなかった。だからよかったとは、とてもではないが言えない。

「てめ……何やって……」

なんでこんな距離で覗き込んだりしているのかと問う。

「体調は悪くないようだな」

額を押えながらも、それほどのダメージを感じさせない声が質問外の言葉を返す。

「体調……？」

そういえば自分は、どうしたのだったか。意識が遠のいて、これで夢が覚めると思ったことは覚えている。

「倒れたんだ」

「倒れた？」

自分が？　と、声の主を見やる。学生時代、どんなハードな練習でも音を上げたことなどなかった自分が？　大きな病気はもちろん、風邪とも無縁の自分が？

「マジかよ……」

どうやらキャパオーバーを起こして意識がショートしたらしい。

非現実的な、ありえない事態に遭遇したとき、人間の身体が引き起こす、自己防衛本能のようなものだろう。事実、意識を失う前より、いまのほうが、ずっと気持ちは落ち着いている。

「どういうことだ？」

低い声を絞り出した。

「どうなってる⁉　ここは何処《どこ》だ⁉」

何度でも確認したくなるのは、状況的に仕方のないことだ。

「言ったろう？　グレーシュテルケだと」

ヴィルフリートが淡々と答える。どこか落胆を隠せない声だ。

「本当に何も覚えていないのか？」

怒ったように確認されて、こちらも吐き捨てるように返してしまう。

「何を？」

「この世界にいたときのことだ」

この世界？　夢の中に紛れ込んだとしか思えない、到底現実とは信じがたい目の前の光景のことか？　この男の存在が、何より一番非現実的だが。

「……」

思わず黙ると、ヴィルフリートが「そうか」と背を向けようとする。

ちょっと待て。答えてない。

「おい、説明しろと言ってる！」

袖を摑んで引き止めると、渋々と言った様子で振り返る。

「いまのそなたに話したところで、どのみち信じようとはしないだろう」

たしかにそうだが、指摘されると違うと言いたくなる。

「言ってみなきゃわからないだろ」

青い瞳がうかがう色を見せる。

深い海の色を綺麗《きれい》だな……と覗き込んで、そういえば……と思い出した。

キスされたのだった。衆人環視の中で、ことわりもなく。

けれど、いい歳をして、それを責めるのも大人げない気がして、文句が喉の奥に絡まる。代わりに、同じ言葉を繰り返した。

「いいから説明しろ！」

襟首を摑んで揺さぶる。

この世界がなんなのか、どうして自分はこんな場所にいて、こいつにキスされて、さらには——。

——王妃ってなんだ。俺は男だ！

くっそうっと、口中で毒づく。

感情のままに喚く珪の眉間の皺を眺めていたヴィルフリートが、ひとつ嘆息して、それまでとはトーンの違う声音で尋ねてきた。

「……私のことも覚えていないのか？」

綺麗な顔で、そんな口調で訊かれたら、自分が責められているような気になる。けれど……。

——……っ。

目覚める直前まで見ていた夢の中の幼馴染の顔と、目覚めたときに目の前にあった美しい相貌と。

「……覚えてない」

ふいっと顔を背け、吐き捨てる。

なぜか、頷けなかった。

「……そうか」

なんだよ、その顔は。

憔悴《しょうすい》したような、残念そうな。

腰を上げようとする背を、「おい」と引き止める。

ここまできてまだ誤魔化《ごまか》す気かと視線で訴えると、「起きろ」と横柄に言われた。

さっきまでの憔悴した様子はなんだったのか。気にした自分がバカみたいではないか。

「食事の用意をさせる」

話は食事をしながらでいいだろうと言われてはじめて、空腹であることに気づいた。

現金な腹がぐうっと鳴る。ヴィルフリートが口元に笑みを刻むのを見て、「なんだよ」と口を尖《とが》らせる。

「さすがは我が妃、剛胆だ」

何処かわからぬ世界に飛ばされながらも、しっかり腹は減るのだから……と笑われた。

「美味《うま》いもん食わせろよ！」

苛立《いらだ》ちまぎれに言って、ベッドを降りる。

気を失っていた間に着がえさせられたらしい、ルネサンス期の絵画に描かれる民衆の装束のような格好だが、派手派手な騎士服よりはマシだ。そのままヴィルフリートのあとを追う。

だだっ広いダイニングに、無駄に長いテーブルの端と端で食事をしようと言われたら殴ってやろうと思っていたが、思いがけず案内されたのは、緑豊かな庭園のガーデンテーブルだった。


ライ麦パンに素朴な風味のハムとサラミ、新鮮なグリーンに、瑞々《みずみず》しいフルーツ。

珪が見慣れたものと、似ているようでどこか違う。豚肉っぽいハムに、レタスっぽいグリーン、口にしたことのない南国フルーツを思わせる奇妙な形の果物。

グラスに注がれるのは、柑橘《かんきつ》に似た香りのフルーツを搾ったものだというジュースだ。グレープフルーツに近い。

テーブルに所狭しと並べられた料理に、恐る恐る口をつける。

たぶん安全だろうと踏んだライ麦パン——に見えるものをちぎって口に放り込むと、ふわり……と香ばしい麦の香りが口中に広がった。

「……っ！」

目を見開き、思わず「美味い！」と感嘆をこぼす。

さっきまでの警戒心は何処へやら、ライ麦パンにハムとグリーンを挟んで、豪快に頬張った。

給仕をしてくれていた亡母よりひと回りほど下の世代だろうか、穏やかな笑みの女性が「それはようございました」と微笑《ほほえ》む。

「たくさん召し上がれ」と、空になったグラスにジュースのお代わりを注いでくれた。グレープフルーツから苦味を取ったような爽やかな柑橘のジュースは、さほど甘みも強くなく、喉越しがいいからグイグイ飲めてしまう。

結局、珪は、テーブルに出されていたぶんでは足りず、パンもハムもフルーツも、全部お代わりをして、綺麗に平らげてしまった。

珪の食べっぷりに驚きつつも微笑ましそうに、給仕の女性が「お菓子はいかが？」と訊くので、それにも頷いて、ヴィルフリートを呆《あき》れさせた。

テーブルに届けられたのは、木の実がぎっしりと詰まった焼き菓子だった。香りのいいお茶が添えられている。紅茶に近いものだろう。

「腹をこわすな」

「平気だ。学生の頃は、この倍は食った」

空手の鍛錬はハードで、食べなければ身体がもたなかった。

「倍？」

ヴィルフリートが、呆れた様子で呟く。

「飛ばされた先の世界で、いったい何を――」

「それ」

ヴィルフリートの言葉を「逆だ」と遮った。

「俺が飛ばされたのは、ココだ」

指先でテーブルを叩く。

「きみは、この世界で生まれた。グレーシュテルケの人間だ」

ヴィルフリートが言葉を返す。

「記憶がないのは、時空の狭間《はざま》に飛ばされたときの衝撃によるものだ」

お抱えの魔道士がそう言っているという。

「魔道士？」

「昨日会っただろう？　銀髪の――」

あの奇天烈極まる恰好をした少年のことか。

「魔女じゃなかったのか」

「……本人の前で言ったら、ひどい目にあうぞ」

「ふうん？」

あんな子どもに何ができるというのか。

「とにかく、なんでもいいから、俺を元の世界へ戻せ」

帰宅途中の珪の前にヴィルフリートが現れたということは、意図的にこの世界に連れ去られたということ。ならば、戻すことができるはずだ。

「それはできない」

「だから――」

自分はこんな世界など知らない……と、つづく言葉を察したかのように、ヴィルフリートが言葉を継ぐ。

「きみはグレーシュテルケの未来を左右する鍵だ」

大広間で、銀髪の少年や、集まった人々も口にしていた、「鍵」という言葉。単語のままの意味ではないことだけはわかる。

「だからその鍵っていったい――」

「きみを娶《めと》った者が、グレーシュテルケの王になる。創世からの理《ことわり》だ」

ヴィルフリートの口調は淡々としているが、結構衝撃的な事実ではないか。

妃というのは、そういうことか……と、話の辻褄《つじつま》が合ったところで、納得できるわけがない。

「……俺、男だぞ」

「関係ない。魂レベルの話だ。鍵は鍵としてこの世界に生まれる。生まれ落ちた瞬間に、グレーシュテルケの王妃になることが決まっている、特別な存在だ」

「……」

黙して、さてどう返したものかと考える。

正論が通じないとなると、厄介だ。

「長く行方の知れなかった鍵を私が見つけた。そなたは私のものだ」

自分が女なら、一生に一度くらいは言われてみたいセリフなのかもしれない。こんな絵に描いたような色男からの申し出なら、二つ返事で頷いているのかもしれない。

だが残念ながら……いや、残念でもなんでもない。男の自分には、まったく響かない。

腕組みをして唸《うな》る。

その腕を、ヴィルフリートに掴まれた。

「腹が膨れたなら、いいだろう」

「……？」

引き上げられ、腕を掴まれたまま、テーブルをあとにする。慌てて、給仕をしてくれた女性に、「ごちそうさま」と声をかける。女性は驚いた顔をして、慌てた様子で頭を下げた。

最後に出してもらった焼き菓子も美味《おい》しかったし、もっとちゃんと礼が言いたかったのに。「なんなんだよ」と文句を言っても——聞こえているはずなのに、ヴィルフリートの足は止まらない。

どこへ連れていかれるのかと思っていたら、なんのことはない、先ほど目覚めた寝室だった。

着替えろということか？　などと呑気《のんき》に構えていた珪は、すっかり油断していたのもあって、引きずられる勢いのままに、ベッドに放られる。

「……って！　何す――」

ベッドに押さえ込まれるというあり得ない状況に直面して、ようやくギクリ……と肩を揺らした。

そうだった。こいつは自分にキスをした前科があるのだった。

「お、おい……？」

うっかり語尾が掠《かす》れる。

「なにする気……」

「鍵を手に入れる」

白く綺麗な指が、珪の頬を撫《な》でる。碧眼が、ある種の熱を過らせて、細められる。

どうやって？　と、訊くほど珪は野暮ではない。

「笑えない冗談だな」

剣だけでなく体術の心得もあるのか、軽く押さえ込まれているだけのように見えて、簡単には振り払えない。

「鍵を娶らねば、玉座の間が開かん」

馬鹿力め！　と毒づく以上に、権力のためかよ！　と、反発の感情が湧いた。

綺麗な顔が迫ってくる。

たかがキスのひとつやふたつと思っているが、かといって、やすやすと利用されてやるほどお安くもない。

「ざ……けん、な……っ！」

腕の自由を奪われていても、戦うすべはいくらでもある。

予備動作なく、思いっきり膝を蹴り上げた。たとえ気づいても、この近距離では避《よ》けられない。

「……っ！」

低く呻いて、ヴィルフリートの身体が揺らぐ。その隙をついて、身を翻し、ベッドから転げ落ちるように逃れる。

「何をする」

「は？　そりゃ、こっちのセリフだ！」

「許嫁《いいなずけ》に向かって、その言い草はあるまい？」

「許嫁？」

王妃の次は許嫁か？

どうして珪が女役前提なのだ。

自分のほうが綺麗な顔をしているくせして……と、ヴィルフリートの整った要望を恨めしく見やる。

「幼い頃……、きみが忽然と消える前の日に、約束した」

「約束？」

「結婚の約束だ。きみは泣きながら、私以外の誰のための鍵でもありたくないと言った。だから私は、かならず玉座を手にすると誓ったのだ」

自分が玉座を諦めるということは、珪が王位継承権を持つ他の誰かのものになる、ということだと補足説明される。

「……俺の、ため……？」

たしかに、ヴィルフリートの言うことが事実なら、どこの馬の骨とも知れない相手に妃と呼ばれるくらいなら、幼馴染のほうがマシなような気がする。

「忘れたなどと、言わないでくれ」

「いや……」

なんだか、自分のほうが悪いことをしている気になってくる。

「時空の狭間に吸い込まれたきみを探しつづけた。かならず連れ戻すと誓った。そしてようやく見つけた」

リーチの長い腕が伸ばされる。

珪も充分に長身で手足の長さは空手の取り組みにおいて優位に働く場面も多かったが、その珪が恨めしく思うほどに、ヴィルフリートも手足が長く、悔しいことに珪より拳ひとつぶんほど長身だ。

「ちょ……、お、おいっ」

あまりに堂々とされると、どう抗《あらが》っていいかわからなくなるものらしい。

「ようやく抱きしめることができた」

耳元に落とされる安堵の声。

長い腕が、ぎゅっと珪を抱く。

抱き返すわけにもいかず、かといって手荒にするのもはばかられて、手のやり場に困る。

大きな犬に懐かれたとでも思えばいい。背中を撫でてやるくらい……と、うっかりほだされかかったタイミングで、ふいに視界がぐるっと回る。

——……っ!?

不意打ちの投げ技を食らったようなものだった。

「……っ、うわ……っ！」

一回転した視界が、天井を捉えたのも束《つか》の間《ま》、視界は口元に強《したた》かな笑みを浮かべた策士の綺麗な顔に埋め尽くされる。

ちょっと手酷《てひど》く拒絶しすぎたか？　などと、仏心を出した自分がバカだった。

妙に殊勝に縋《すが》りついてくると思ったら、油断した隙をつかれ、またもベッドに放られたのだ。

上から見下ろす碧眼が、してやったりと、悪戯を成功させた子どものような色を浮かべている。

「その綺麗な顔、二度と見られないものにされたくなければ、いますぐ俺の上から退《ど》け」

意図する以上に、ドスの利いた声で威嚇《いかく》していた。野郎、ふざけやがって！　と口中で毒づく。

「聞き入れがたいな」

退く気はないと、珪の手首を押さえ込みにかかる。

その程度で自由を奪えると思うなよ。

「退かないのなら実力行使に出る」

珪の余裕の表情を、不可解そうに見下ろして、ヴィルフリートは余裕の笑みを浮かべていた端整な口元を引き結んだ。

「俺はどっちでもいいぞ」

最後通牒《つうちょう》。

上から諦念のこもった長嘆が落ちてくる。

「私の希望を聞き入れてくれる気は——」

「ない」

一ミリの譲歩もなく言いきる。

ヴィルフリートの口元に、先ほどとは種類の違う、愉快そうな笑みが刻まれた。

「つれないことだな、我が妃どの」

茶化した口調で言う。

「まずはその口から潰されたいか？」

蹴りでも拳でも、好きに選べと、こちらも茶化すと、ヴィルフリートはようやく、やれやれ……といった様子で、身体を起こした。

「無理やりというのは趣味じゃない」

やろうと思えばできると言わんばかりの口調に、やれるものならやってみやがれと、胸中で舌を出す。

「──ったく、そもそも俺には、男とどうこうって趣味はねぇんだよ」

おあいにくさま、とベッドに上体を起こして胡坐《あぐら》をかく。

ヴィルフリートは、ベッドサイドに腰を下ろして、「なるほど」と頷いた。

「それが、きみが飛ばされた先の世界の価値観か」

「悪いか」

「悪くはないが、切り替えろ」

「……何？」

ここはグレーシュテルケ。この世界の価値観を受け入れなければ、いずれ歪《ひず》みをきたすのは自分だと忠告される。

「……それは、俺はもう二度と、元の世界に戻れないってことか？」

「戻れるか戻れないかではない。きみは、この世界の住人だ」

ヴィルフリートの澄んだ青い瞳が、珪を映す。まっすぐに。

ドキリとさせられたことを誤魔化すかのように、珪は眉間に皺を刻んだ。

──そんな目で見るなよ。

くそっと胸中で吐き捨て、視線を逸《そ》らす。

話が始点に戻っている。

嚙み合っているようで嚙み合っていない会話。

だが、どうあっても自分の希望が聞き入れられないことだけはわかった。

それから。

たしかに自分はこの世界を知っていると、魂レベルで感じている事実も。

お伽噺《とぎばなし》の中から抜け出てきたような高い塔を持つ城も、奇天烈な恰好をした登場人物たちも、自分が知る世界のものと似ているようで微妙に違う食べ物や動植物も。

自分は、この世界を知っている。

受け入れがたいが、空気がしっくりと肌に馴染むような、不思議な感覚を覚える自分を、自覚せざるを得なかった。

＊＊＊

猫は猫でも、珪の視線の先にいるのは、いわゆる猫とネコ科猛獣の間くらいのサイズの、小型の猛獣に近い生き物だった。

城の警備のために敷地に放されている犬は、姿こそ見たことのある大型犬に似ているが、猫同様に、珪の知るものよりひと回り……いや、二回りも大きい。狼《おおかみ》に近い印象だ。

人間社会に馴染んで生きる犬や猫は、人と生活圏をともにするうちに、野生にあった頃とは違う生き物へと進化していったと言われているが、そう考えるとグレーシュテルケの生き物たちは、より原始に近いＤＮＡを持っているのかもしれない。

だが、大きくても、犬はよく訓練されているし、猫も慣れていて爪を立てられるようなこともない。

城を案内しようと、ヴィルフリートに連れ出され、ひととおり巡ったところで、珪の目が捉えたのが、庭園の木陰で、悠然と昼寝をする狼のように大きな犬と、ネコ科猛獣のように大きな猫だったのだ。

そのモフモフの毛並みを撫でる心地好《よ》さを存分に味わって、ようやくひと息ついたところだったのに、いろいろ受け入れがたい状況にあるものの、ひとまず冷静に自分の置かれた立ち場と向き合おうと思いはじめていた珪の精神を、遠慮なく抉《えぐ》ってくれる人物がやってきた。……いや、唐突に現れた。

「コトは済んだのか？」

つい一秒前まで何もなかった空間に、突然現れた銀髪銀眼の魔女……いや、少年魔道士は、情緒もへったくれもなく言い放ったのだ。

コトが何を指すのか、わかりたくなくてもわかってしまう。

なんだその、ルーティンワークは終わったのかと、チェックする上司のような言い草は。

珪がムッと眉根を寄せても気にする様子もなく、「てこずっているのか？」と、ヴィルフリートに目を向ける。

子どものくせに生意気なやつだな……と思っていると、ヴィルフリートを捉えていたはずの視線が、ふいに珪に向けられた。

ぎょっとして目を瞠る珪に、「私はそちより歳上だ」と言い放つ。

「……は？」

――心を読まれた？

まさか……と、目を見開く。

「目にするものでしか判断できぬとは、飛ばされた先の世界で、ずいぶんと感覚を鈍らせたものよ」

いったいどんな世界にいたのだと吐き捨てられて、ここよりずっと文明が発達した世界だ！　と、叫びたかったが、ぐっと呑み込んだ。逆らっていい相手ではないような気がする。というか、目力がヤバイ。

珪は口元をヒクつかせながら、歳上ってマジかよ……と考える。

肉体の成長速度を自在に操れるのか、それとも魔道士とは皆こうなのか。よくわからない。ファンタジーゲームのひとつもやっておくべきだったと、いまさらあまり役に立たなそうなことまで考えてしまう。

「もたもたしている時間はない。さっさと玉座の間を開け。そなたが王位につかねば、グレーシュテルケに未来はない」

ヴィルフリートに返す間も与えず言って、再び珪を銀の瞳に映す。

「そなたがわけのわからぬ世界に飛ばされたのは、吾《われ》の先代魔道士が能力を暴発させたためだ。分不相応な力を使おうとしてそうなった。それに関しては詫《わ》びておこう」

まったくもって詫びられている気がしない。

珪は頬を引きつらせながら「へぇ……」と返すのみだ。

「さっさとせねば、ズュードやオスト、ヴェストの王家の者どもが、行動に出てくるぞ」

またも意味のわからない言葉が出てきた。

そういえば、そもそもこの世界で言葉が通じていることが不思議だ。自分はいつもどおり日本語を話している。

「わかっている。だが――」

ヴィルフリートが、珪を見やる。なんだその、責めるような目は。

「……なんだよ」

むすっと返す。

「彼にはまず、グレーシュテルケを理解してもらわなくては、話が進まないようだ」

「理解?」

銀髪銀眼の魔道士――シルヴィは、解せぬ……という顔を珪に向けた。解せないのはこちらだ。

「何をどう理解したところで、妃だの鍵だの、俺は知らないからな」

珪の主張に、ヴィルフリートがやれやれ……といった様子で肩を竦める。

シルヴィは、銀の瞳を見開いたあと、「記憶をなくすとは……」厄介な、と呟く。おいおまえ、わざと聞こえるように言ってやがるな！　と、文句のひとつも言いたいところだが、今度もまた珪はそれを呑み込んだ。

百倍になって返されても面倒なだけだ。

それでも、銀の瞳から逃げるのだけは我慢ならなくて、ぐっと口を引き結び、腕組みをする。そちらの都合ばかり押しつけられて、こちらも迷惑だ、と主張する代わりに。

珪の態度を見て、シルヴィはふいにふふっと笑い、「一筋縄ではいかぬか」とひとり勝手に合点したかのように頷いた。

「この世界を支える鍵ならば、それくらいでなくては務まらぬだろう」

妥協するかに見せかけて、次いで突き落としにかかる。

「受け入れぬのなら、それもよい。だが、何が起きてもそれは、そなたの強情さゆえと思うことだ」

「……」

何が起きるって？

ヴィルフリートを見やる。

端整な眉間に皺を刻んで、ヴィルフリートは「他王家に鍵は渡さん」と低く言う。

おいおいおい。

ファンタジーな世界に飛ばされて、男に求婚されたかと思ったら、次は覇権争いか？　どんだけありがちなんだ、と珪は長嘆をこぼした。

モフモフを呼び寄せる。

巨大な犬と巨大な猫は、尻尾を立てて、珪にすり寄ってくる。

「あー、現実逃避」

ぎゅむっと抱きしめて、目を閉じて開けたら、夢でした、なんてオチならいいのに、と考える。

その耳に、夢で終わらせてくれない少年の声が、驚きを伴って届く。

「猛獣を懐かせるとはな。記憶がなくとも、鍵の存在とはげに不思議なものよ」

「……え？」

こいつら、この世界でも猛獣なのか？　と、何も教えてくれなかったヴィルフリートを見やる。

「おま……っ、言えよ！」

珪の不満の声に、たまりかねたかのように、ヴィルフリートがククッと笑った。

「俺、懐いてるもんだとばかり……」

「懐いているさ。私にだけ」

だから、いざとなればコマンドひとつで牙《きば》と爪をふるうこともあると説明したはずだと返される。

それは聞いたが、基本的に懐く動物と懐かない動物とでは、大違いだ。

「てめ……っ」

面白がっていたのか、と睨《にら》むと、「止める間もなかっただけだ」と飄々《ひょうひょう》と返される。

「俺が食われてたらどうしたんだよ！」

「食われなかっただろう？」

誰彼構わず襲ったりはしないと平然と言われて、話が食い違ってるじゃないか！　と苛つくものの、柳に風で流された。

「おまえの従者で騎士だって言うから……！」

「それは事実だ」

「……っ」

なんだろうこの、話が通じない苛立ち。

この妙ちくりんな世界に飛ばされてからずっと、精神に負荷がかかっている。重苦しいものではなく、キリキリとこめかみに血管が浮くような負荷だ。

――くそ……っ。

苛立つ珪の胸中を察したかのように、すり寄る影。

すりっと、指先に温もり。

視線を落とすと、二匹が左右から珪を見上げている。

「おまえら……」

文句なく可愛《かわい》い。

食うなよ……と、頭を撫でる。鋭い牙を持つ口が開かれ、ザラリとした舌が珪の指先を舐《な》めた。

ひとりにしてくれという珪の申し出に不服げに眉根を寄せたヴィルフリートに、「急がば回れというではありませんか」と助言をくれたのは、ムカつく魔道士の一歩後ろに付き随《したが》う、ブルネットの髪に緑眼の強面《こわもて》の騎士だった。

絵に描いたように整った容貌のヴィルフリート以上に、ファンタジーな世界の騎士らしい風貌をした壮年の男だ。――が、この世界の人間が珪の常識に照らして見た目どおりの年齢かはわからない。

「カイ殿は何も覚えておられないのだ。気持ちを整理する時間が必要だろう」

この世界に飛ばされてきて、はじめて常識的な発言を聞いた気がした。頭のおかしいやつばかりではないらしいと、ほんの少し安堵する。

だからといって、どこへ行くのも自由というわけにはいかないと言われ、珪に許されたのは、城塞に囲まれた城の敷地内だけだった。

とはいえ、会社から最寄り駅の間に横たわる、珪が朝晩通り抜けていた公園の何倍もの広さがあるように見える城内は、とても徒歩で歩き回れるものではない。

ヴィルフリートのコマンドに従い、珪にピッタリついて歩く大きな犬と猫を引き連れて、庭園を横切り、小高い丘を越え、城塞に向かって歩みを進めたものの、距離がありすぎて辿り着けず、途中の丘の上で芝生に寝転んだ。

大きな犬と猫が、珪の左右に寝そべる。

二匹の名前が気になったが、首輪に下げられたチャームに伸ばしかけた手を寸前で止めた。

「……くそっ」

毒づいて、青い空を見上げる。

珪が知る青空とは、色味が違って見える。太陽の光は、真上から注いでいるように感じる。

瞼を閉じて、陽射しを遮るように顔に腕を乗せた。もう一方の手を伸ばして、大きな猫の耳をいじる。

ゴロゴロと、喉を鳴らす音が、心地好く鼓膜をくすぐる。

深呼吸をして、心を落ち着かせる。呼吸法は武道を嗜《たしな》む上で、重要な鍛錬のひとつだ。呼吸ひとつで、技のキレが違う。

そのとき、ガサッと下草を踏む音が聞こえた。傍《そば》でゴロゴロと喉を鳴らしていた猫が気配を変える。反対側で犬も。

「……？」

人の気配であることは、珪にもわかった。ヴィルフリートではない。魔道士でも、お付きの騎士でもない。これでも昔は、空手の関東チャンピオンだったのだ。それくらいのことはわかる。

ゆっくりと上体を起こす。

「なんだ？」

今度は何者でなんの用なのかと問う。ヴィルフリートは、しばらくひとりにしてくれると言った。その時間を邪魔する貴様らはいったい何者なのかと尋ねる。

「カイ様ですね」

五人の男が、珪を取り囲む。全員、シンプルだが騎士服と思われるものを着ている。ヴィルフリートや魔道士のお付きの騎士のような派手なものではなく、いってみれば士官ではなく兵隊の軍服、といったところか。

犬と猫が、躯《からだ》を起こして、珪を守るように男たちとの間で壁になる。男たちが怯《ひる》むのを見て、この場で流血沙汰は勘弁してほしいと思い、珪は「大丈夫だから」と二匹を下がらせた。

それを見た男たちが、「ほお」とため息をつく。

「お迎えにあがりました、我らが鍵よ」

そんな言葉とともに、跪《ひざまず》かれる。

また鍵かよ……と、珪はウンザリと長嘆した。

だが、ヴィルフリートの迎えの者なら、二匹が唸るのはおかしい。別口か？　と胸中で状況を図る。

ヴィルフリートと魔道士が、他の王家がどうの……と話していた。

なんとかいう、残り三つの王家のどこかの手の者だろうか。

――ズィー…なんとかと、オストと……あとなんだっけか。

名前も難しくて覚えられない。

「我らが王が、カイ様をお待ちです。ぜひご同行いただきたく――」

「王？」

長年行方不明だった「鍵」である自分を見つけたヴィルフリートが、次の王に即位する、という話ではなかったのか？

珪は「ふうん？」と、男たちを値踏みする。ヴィルフリートを擁立するサイドとは別の思惑があるようだ。

覇権争い、というのはどうやら本当らしい。

鍵を探し出したヴィルフリートを歓声で迎えた人々の反応が嘘《うそ》だったとは思えない。なのに、別の人物を王に推していると思《おぼ》しき一派の手の者が、珪の目の前にいる。

――めんどくせぇ。

胸中で毒づきつつも、珪は相手の出方をうかがう。

残りの三つ、どこの王家の手の者かは知れないが、珪がひとりになったところを狙ったように現れたことからも、公式の対応とは思えない。ヴィルフリートの裏をかこうという意図が見え隠れする。

姑息《こそく》なやり方が、珪は気に食わなかった。

異論があるなら、公式の場で、堂々と訴えればいいのだ。

「ヴィルフリートが王様になるのが気に食わない、ってことか」

あけすけな言葉をわざと選んで返すと、先頭で片膝をつく男が、ニンマリとした笑みを浮かべた。

「王にふさわしい器というものがあります」

そういうことを言うヤツに限ってその器でないのはフィクションのセオリーだ。……面倒なことにこの世界はフィクションではないようだが。

「おたくらの主人のほうがその器だ、ってこと？」

「王家の格が違います」

のうのうと言い放つ。

だったらせめて、自ら出向いてこいっての。……いや、それはそれで、さらに面倒か。

胸中でウンザリと嘆息して、追い払う方法を模索する。

「でも、先代の王様も、ヴィルフリートの親父《おやじ》さんだったんだろ？」

あの魔道士は、他の王家に玉座は渡せないと言っていた。理由はわからないが、その言葉の奥に、利己的な感情は感じ取れなかった。

「鍵を得ることなく、なし崩し的に王位についただけのこと。先代は一時的に玉座を預かったにすぎません」

そういうこともあるのか……と、珪はヴィルフリートたちから聞いた話と頭の中で突き合わせをする。

ヴィルフリートが嘘を言っていないことには、妙な確信があった。反対に、今自分を囲む連中に対しては、明確な不快さを覚える。

果たしてこれが「鍵」としての能力なのか、わからないし、わかりたくもないが、そう感じるものはしかたない。

「歓迎のご用意をしてございます。ぜひ我らがヴェスト王家の城へ」

ああ、三つのうちのひとつがそんな名前だったか……と、シルヴィの言葉を思い起こそうとするも、記憶していないものは思い出せない。

「行かねぇ」

短く返して、おとなしく控える大きな犬と猫を呼び寄せ、男たちを無視して構いはじめる。

断られると思っていなかったのか、男たちは面食らった顔でしばし沈黙したのち、腰を上げた。

「どうか我々にご同行ください。頷かれない場合——」

「力ずくで、ってか？」

先頭に立つリーダー格の男を睨み上げる。

「手荒なことはしたくありません。何卒《なにとぞ》——」

「気に入らねぇなぁ」

犬と猫におとなしくしているように言い聞かせ、珪も腰を上げる。

端《はな》から力ずくで、という心算しかないくせに、形ばかりこちらを立てようとする。その姑息さが気に食わない。

だったら、有無を言わさず自分をこの世界に攫《さら》ったヴィルフリートのやりかたのほうが、よほど清々しい。

「連れていきたきゃ、連れてけよ」

できるもんならな、と胸中でのみ呟く。

鍵とやらがそれほどに重要な存在ならば、引き下がりはしないだろう。それがわかった上での挑発だった。いいかげんウンザリしている。ここらで発散したい。

「ご無礼を」

珪を囲む男たちが間合いを詰めてくる。

さすがに腰に携えた剣で脅そうという気はない様子。

先頭の男の命で、左右の二人が珪に手を伸ばす。両側から二の腕を摑まれ、不快さがいや増す。予備動作なく、その手を振り払った。

とっさに珪を取り押さえにかかった背後のひとりに、振り向きざま回し蹴りを食らわせる。予期せぬ攻撃をまともに受けた男は、芝生の上を数メートルも転がった。

呻いているから、完全に意識が飛んでいるわけではなさそうだが、しばらくは起き上がれないだろう。手加減はしなかった。

正面の男が、驚きに眼を瞠る。

「これでも空手の元学生チャンピオンでね」

そう簡単に自由にできると思われては困る。

ち……っ！　と忌々しげな舌打ちが聞こえて、珪に腕を振り払われた左右の男が、動きを封じようと同時に飛びかかってくる。

まずは左の男の攻撃をかわしつつ膝蹴りを腹に食らわし、その隙をつこうとした右の男には肘での攻撃をお見舞いする。

どちらも一撃で地面に沈んだ。こちらも手加減はしていないから、しばらくは動けないはずだ。

「まだやるのか？」

残ったひとりに対峙《たいじ》する。

部下を沈められたリーダー格の男は、いくらか怯む様子を見せたものの、「しかたあるまい」とひとり合点し、携えた剣を抜いた。

おいおい、それは反則だろう。漫画やドラマで、チンピラが刃物を出してくるのと同じではないか。どこの世界でも三下のやることは一緒かと、半ば呆れる。

問題なのは、不良漫画や刑事ドラマで見る似たような場面と違って、男が抜いたのが包丁やサバイバルナイフではなく、長い刀身を持つ剣だということだ。

元チャンピオンといっても、珪が嗜んでいたのは、スポーツとしての武道だ。警察の逮捕術でも、軍隊の体術でもない。刃物を持った相手との格闘戦など想定していない。

とはいえ、それは道場で習う範疇《はんちゅう》の話だ。若い興味にあかせて、個人的に実戦武道を学んだこともあった。すべては大会で勝つためだった。

学生時代の努力が、いまさら役立つとは……。皮肉にも感じるが、こんな連中に好き勝手されずに済むと思えば、無駄ではなかった。

「お怪我《けが》をさせたくはありません。どうかお従いください」

「いやだ、つってんだろ」

やり方が気に食わないと言っているのだと、突き放す。男はとうとう紳士的な仮面を脱ぎ捨てた。

「ご容赦！」

剣で襲いかかってくる。

最初の一撃は、寸前で避けた。

さすがに抜き身の刃物と対峙した経験はない。触れれば切れる、本物の凶器だ。拳での戦いとは異なる。

だが相手も、鍵である珪に大怪我をさせるわけにいかないからか、動きのキレが悪い。脅すつもりで剣を持ち出したのだろう。勝算はある。

待てを言い渡されていた犬と猫が、コマンドをくれと訴えるかのように唸る。だが、彼らを解き放てば、確実に男たちは食い殺される気がして、珪は避けたかった。

「待て、だ」

今一度、二匹を下がらせる。

この世界の常識がどうかは知らないが、珪は平和な日本で育ったのだ。人死は尋常な事態ではない。たとえ気に食わない相手であっても、死んでいいとは思えない。自分のせいで誰かの命が失われるなど冗談ではない。

たとえ相手が、刃物を向けようとも。ヴィルフリートの言う、この世界の価値観などクソ食らえ、だ。

「どうか無駄な抵抗はおやめください。我らが王の妃に――」

剣が振り下ろされる。

紙一重で避けた珪の視界を、黒い影が塞いだ。

金属同士のぶつかり合う高い音が響く。

視界が焦点を結んで、それが艶めく黒髪だと気づく。珪の視界を塞いだ主が、自身の剣で珪に襲いかかった剣を薙《な》ぎ払ったのだ。

視界の端に、芝生に突き刺さる剣が見える。ずいぶんと遠くに飛ばされたようだ。

ムカつくことに、立ちはだかる背中の広いこと。騎士服に標準装備なのか、なんとも邪魔くさいことだが、なびくマントもさまになっている。

「これがヴェスト王家のやりかたか？　しきたりを破ればどうなるか、わかった上での所業だろうな」

凜と響く低い声。若いのに威厳を感じさせるそれに、珪を拉致しようとした男たちが青ざめた。

剣を奪われたリーダー格の男は、忌々しげに歯噛みし、珪の拳に沈められた面々は、呻きながら後退る。

「誰の命かは訊かぬ。帰って貴様らの主人に報告するがよい。鍵が欲しければこの私を直接狙え、とな」

正々堂々と奪ってみせろと言う。

おまえのものになった記憶はないと思ったが、この場で言うのは一応避けた。

男たちは、返す言葉もない様子で退散する。その姿が城塞の向こうに消えたのを確認して、ヴィルフリートは剣を鞘に戻しつつ珪を振り返った。

「なぜ、こいつらを解き放たなかった」

珪のコマンドに忠実に控える犬と猫を指して言う。

「こいつら、手加減するように躾《しつ》けられてないだろ」

「あたりまえだ。主人を護ることを最優先に訓練されているのだからな」

案の定の返答。

「そしたら、あいつら、食い殺されてただろ」

「それが――」

どうかしたのかと返されるのを、珪は強い口調で遮った。

「俺がいた世界では、どんな理由があれ殺人は犯罪なんだよ！」

「殺人……？」

心底わからないという顔をされて、諦めのため息をつく。それがこの世界の常識なのだ。何をどう説明したところで伝わるわけがない。

「……もういい」

吐き捨てて、心配げにふたりのやりとりをうかがう忠義な獣に視線を向ける。

「おまえら……」

珪が手を差し伸べると、クウンと鼻を鳴らして寄ってくる。

しばしの逡巡《しゅんじゅん》ののち、珪は二匹の首輪に下がったプレートに手を伸ばした。

表には、ヴィルフリートの胸元にも飾られている、王家のものと思しき紋章が刻まれている。裏返すと、名前らしき刻印。犬のにも、猫のにも。

二匹の名前を確認して、珪は深く長い息をついた。くそっとまたも毒づく。

「カイ？」

何が不愉快なのか、まったく理解しかねるという呼び声。二匹も、首を傾《かし》げる。

「なんで読めるんだよっ、……くそっ！」

ヴィルフリートが、当然だろうという顔で碧眼を瞬く。それにも苛立つ。

「なんで、こんな意味不明な文字が何を意味してるのか、俺にわかるんだ！」

八つ当たりのように、ヴィルフリートの胸ぐらを摑んで揺さぶった。

あたりまえだろう。きみはこの世界で生まれたのだから……と、返されるのがわかっているから、返事はいらないと遮って、今一度「くそっ！」と吐き捨てる。

「リューク」

珪の呼びかけに、巨大な犬がわふっと吠えて応える。

「ナーガ」

今度は大きな猫が、なぁうと鳴いて立てた長い尾を揺らした。ゴロゴロと、喉を鳴らす。

間違いなく、珪がプレートの刻印から読み取ったのは、二匹各々の名前だった。

だが当然、日本語で書かれているわけでも、英語で書かれているわけでもない。見たこともない、象形文字のような言語で綴《つづ》られているのだが、それが珪にはすらすらと読めてしまった。

この世界に来てから、言葉に困っていないのと同じ理由と思われるが、実に受け入れがたい。どんな説明よりも、珪はこの世界の生まれだというヴィルフリートの言葉を肯定している。

珪が名を呼んだのがそんなに嬉しかったのか、二匹は鼻先をすり寄せ、尾を振って、離れようとしない。「ああ、くそっ」と、またも毒づいて、珪は二匹の首をぎゅっと抱き寄せた。

こいつらに罪はない。罪はないけれど……。

文句は吐き出さなくては身体によくない。

「あいつらなんだ？」

二匹の毛並みを撫で、どうにか気持ちを落ち着かせつつ問う。

「ヴェスト王家の手の者だ」

そう名乗っていたではないかとヴィルフリートが怪訝そうに返す。

「そんなことはわかってる！　俺を見つけたおまえが王様になるって、決まってるんじゃなかったのか、って聞いてんだ！」

なのにどうして、他の王家の人間が、珪を連れ去ろうとするのか、ヴィルフリート以外の王位継承権保持者が、ヴィルフリートを出し抜こうとする意味は？　と尋ねているのだ。

「しきたりなんじゃなかったのかよ」

それを反故《ほご》にする輩《やから》に玉座を得る資格が与えられるのか？

「長く行方の知れなかった鍵を連れ帰ったのは私だ。だから私に優先権がある。だが、そなたを妃にする権利は、他王家の者にもある」

「……？」

意味がわからない。

「そなたと結ばれぬ限り、玉座の間は開かない。言い換えれば、玉座の間を開けることができれば、その者が次の王位につく」

「……」

ちょっと待て。じゃあ何か？　無理やりだろうがなんだろうが、この自分をオンナにした者勝ちだということか？

「野蛮人めっ」

小声で吐き捨てる。

「しきたりだ」

野蛮でもなんでもないと耳ざとく聞き咎めたヴィルフリートが返す。

「野蛮以外のなにものでもないだろ！　無理やり……って、暴力と同じだぞ！　犯罪だ！」

この世界の常識とはなんなのかと、珪が憤るも、やはりヴィルフリートには通じていない様子で、途中でバカバカしくなった。

そしてもうひとつ、珪には文句を言いたいことがある。

「てめぇ、なんですぐに助けにこなかった？」

助けてもらわなくても自力で切り抜けることは可能だったと思っているが、かといって傍観されているのも腹がたつ。

あのとき珪はヴィルフリートの気配に気づいていた。遠くから気配を殺して様子をうかがいながら、助けに入るタイミングを図っていた。

相手が剣を抜いたのを見て、洒落《しゃれ》にならないと判断して出てきたのだろうが、剣を向けられなければ、あのまま様子をうかがっていたに違いない。

「そなたの腕前に見惚《みと》れていた」

助けが必要なようには見えなかったと言う。

透明度の高い青の瞳で見つめられ、サラリと恥ずかしいことを言われて、珪はうっと口ごもった。

「……あたりまえだっ」

関東チャンピオンなめるなよ！　と、口中で文句を転がす。

「それだけ鍛えていれば、剣を扱っても上達が早いだろう」

己の身は己で守れる！　と豪語する珪に、ヴィルフリートが提案をよこした。

「剣？」

リュークとナーガを抱いてふてくされていた珪は、興味を引かれて顔を上げる。剣道は中学時代の体育の授業でやったきりだが、まったくの未経験ではない。

「きみが私のものにならない限り、この先も似たようなことは繰り返される」

それがいやなら、己の身を守る術を身につけるか、あるいは己が鍵であることを受け入れてヴィルフリートのものになる以外に選択肢はないという。

「俺は男だ。妃が欲しいなら、ほかをあたれ」

「きみがなんと言おうと、ズュードもオストもヴェストも、きみを諦めはしない。……私のものにならない限り」

単に婚姻を結ぶだけならともかく、シルヴィの言葉から察するに、肉体関係を結ぶという意味だろう。しかも妃ということは、自分がオンナ役ということになる。

珪のセクシャリティはノーマルだ。過去に付き合ったのは皆異性だったし、同性に興味を持ったことはない。

空手に打ち込んでいた当時、同性からそういったアプローチを受けたことは実のところ何度もあったが、すべてすげなく断ったし、力技に出ようとする輩は容赦なく返り討ちにした。いずれも、珪の中では黒歴史になっている。

「世継ぎはどうするんだ」

四つも王家がありながら、そこを冷静に判断するやつはいないのかと指摘する。

「側室を持てばいい、というのが大臣たちの考えだな」

返された言葉に、珪はスーッと血が冷めるのを感じた。

側室だと？　と、自分でも思いがけない箇所に、引っかかりを覚えた。

ようは、やるだけやって、鍵とやらの役目を果たしたら、あとはお飾りの王妃として据えるだけで、実質は側室が真の王妃としての役割をまっとうするということか？

「ふざけんなよ」

「……珪？」

リュークとナーガを連れて、踵《きびす》を返す。

ヴィルフリートに助けてもらった礼を言っていないが、そんな気も失《う》せた。不誠実な人間が珪は一番嫌いだ。

＊＊＊

城に戻ると、シルヴィとお付きの騎士――エーリクが出迎えた。シルヴィの銀の瞳が、「気は済んだか？」と無言のうちに尋ねている。

済むか！　と胸中でのみ返して、ふたりを無視して通りすぎる。その背を、意外な人物が呼び止めた。

「剣術指南をいたしましょう」

エーリクの言葉を受けて、シルヴィが指示を出す。控えていた侍従のひとりが、大仰なクッションのようなものに載せた宝飾品と見紛《みまが》う剣を掲げて、しずしずと進み出た。

珪の両脇に控えるリュークとナーガに怯えるそぶりを見せながら、剣を差し出してくる。

大きいだけで、珪の前では犬猫と変わらないが、ヴィルフリートの言葉どおり、本来は懐くものではない猛獣のようだ。

「代々の鍵のために鍛えられた剣だ。持っているといい」

そなたのものだとシルヴィが言う。

「いらない」

「飾りではない。真剣だぞ」

「どっちでもいい。鍵がどうとか、俺には関係ないって言ってる」

鍵のために作られた剣など持てないと突っぱねる。

珪のあとを追うようについてきたヴィルフリートに、シルヴィが「どうにかしろ」と言いたげな視線を向けた。

ヴィルフリートが困ったように眉根を寄せる。それに苦笑を零したのは、シルヴィの後ろに控えていたエーリクだった。

「剣の出自に興味はなくとも、剣術に興味がおありでは？」

エーリクが痛いところをついてくる。

「暴漢を素手で撃退するとは……いやはやおみそれしました」

それだけの腕を持つ珪ならば、これまでいた世界では習得できなかった武術体術に興味があるだろうと、開拓心をくすぐられる。若いヴィルフリートには持ち得ない、話術の巧みさだ。

「ヴィルフリート殿下はグレーシュテルケ一の剣の腕前をお持ちだが、ここは自分が指南いたしましょう」

いかがですか？　と再度の勧めに、珪の心が揺れた。たしかにエーリクの言うとおりだ。

それなら自分が、と言いたげにヴィルフリートが進み出てくる。それを無視して、珪はエーリクに向き直った。

名選手名監督ならずともいう。腕がよくても、教え方がうまいとは限らない。

ヴィルフリートはもちろん、エーリクがどんな人物かも知らないが、一見しただけでも彼のほうが教師としては優秀な気がする。

「身体を動かしたいだけだ」

そう前置いて、差し出された剣に手を伸ばす。

金銀宝石に飾られたそれは、とても振り回せるようなシロモノではないと思われたが、意外にも想像したより軽かった。

「式典用の装飾品ではない。実戦に耐えうる剣だ」

名工の手による実用品だと、珪の心情を読んだかにヴィルフリートが説明を捕足する。

「もう、おまえいいから黙ってろよ」

いいかげんこの男の聡《さと》さが怖い。

自分はエーリクに教えを請うのだからと追い払うと、眉間に皺を寄せ、踵を返した。だが、ヴィルフリートは立ち去るわけでもなく、城の内庭を飾る緑が目に鮮やかな樹木の根元に腰を下ろして、リュークとナーガを呼び寄せた。

二匹は、ヴィルフリートの両脇におとなしく軀を伏せる。ヴィルフリートが背を撫でると、二匹は安堵した顔で長い尾を振った。

だがその目は、じっと珪に向けられていて、ご主人様に構ってもらえるのを待つ忠犬と愛猫にしか見えない。ぐるぐると、ナーガが盛大に喉を鳴らす音が珪の耳にも届く。

二匹を気にかけていては剣に集中できない。奇妙なほどに手にしっくりと馴染む剣を握り直し、構えると、エーリクは「ほお」と感嘆した。

「多少の心得はおありのようだ。あるいは、幼少時に受けた鍛錬を、身体が覚えているのか——」

「剣道の基本だ」

この世界にいた頃に覚えたことを身体が記憶しているのではと言われて、珪は即否定した。剣など知らない。これは体育の授業で習うスポーツとしての剣道の構えだ。人を殺《あや》める剣術ではない。そんなものは、珪は知らない。

「まずは一戦」

「……え?」

いきなり? と、目を見開いた次の瞬間には、エーリクの剣が襲いかかってきた。マジか!? と毒づきながら、珪は手にした剣でそれを受け止める。

「……っ!」

珪が見せたとっさの反応にエーリクがわずかに目を見開き感心の様子を見せたのだが、目先の剣に集中していた珪はそれに気づかなかった。だがヴィルフリートもシルヴィも、珪の反射速度とエーリクの反応に気づいている。

「いい目をお持ちだ。だが、どこまで持ちますかな」

つづけざまに繰り出される攻撃を、珪はギリギリで見極める。反射神経もだが、動体視力も生半可では応戦できない。

「く……そっ、……っ！」

前後左右に翻弄する剣さばき。珪は避けるのが精いっぱいだ。手にしたときには思った以上に軽いと感じた剣が、徐々に重く負担になりはじめ、腕が動かなくなる。

「く……っ」

腕に痺《しび》れるような衝撃が走った。

高い音を立てて、剣が弾《はじ》かれる。

空気を切る音。硬い鋼が石畳に飛ばされ、その上を滑る。

珪が思わずギョッとしたのは、剣を奪われたためではなく、宝飾品のように美しい剣が傷ついたのではないかと焦ったためだ。

「やべっ、大丈夫か、これ」

慌てて駆け寄って、剣を拾い上げる。

宝石が欠けていないか、装飾に傷がついていないか、矯《た》めつ眇《すが》めつしてみるが、よくわからない。

その様子を啞然と見ていたエーリクが、ややして豪快な笑い声を上げた。

「なんと剛気な……！」

剣を持った相手に背を向けた挙句、剣の傷を心配するなど……！　と実に愉快そうに笑う。

それを見たシルヴィが、長身の男を睨み上げ、「笑いごとではないわ！」と吐き捨てた。「ようやく見つけた鍵がこのような……っ」と、ブツクサ言う。

「鍵のために特別につくられた高価なもんなんだろ？　傷になったって俺は弁償できねぇぞ」

自分の反応の何がおかしいのかと、珪が口を尖らせる。腰を上げて歩み寄ってきたヴィルフリートが、珪の手から剣を引き受け、ザッと確認した。

「グレーシュテルケで一番硬いと言われる鉱物が使われている。傷がついたとすれば、石畳のほうだろう」

問題はないと言って、鞘に収めた剣を、珪の腰に下げようとする。

「いらねぇって言ってんだろ」

「牽制《けんせい》くらいにはなる」

また面倒な輩に囲まれたらどうするのかと忠言される。

「素手で――」

充分だと返そうとして、

「侮るな。そなたのいた世界の常識は通じない」

「……っ」

自分が口にした言葉を逆手に取られる。

ヴィルフリートが珪の言葉をちゃんと聞いている証拠だが、素直に頷くのを意地と無駄なプライドが邪魔をした。

「んなこたわかって――」

「わかってないだろう」

間近に、低い声が落とされる。

喉元に、ひやりとした鋼の硬さを感じて、背筋を冷たいものが伝い落ちる。

いつの間に抜いたのか、長剣以外に、どこに隠し持っていたのか、ヴィルフリートの手に握られた短刀。それが、珪の喉元に突きつけられているのだ。軽く横に滑らせれば、スパリと切れて、血が噴き出すに違いない。

「殿下！」

やりすぎだと止める声はシルヴィのもの。その横でエーリクが、やれやれと両手を天に掲げている。

「そなたの腕っ節が立つのは先ほどのでよくわかった。だが、慢心は隙を生む。いいかげん冗談で済まされない現実を、受け入れろ」

正論にぐうの音も出ない。

だが珪にとっての現実は、サラリーマンとして平凡な日常を生きている自分であって、こんなファンタジーな世界で剣を腰に携え、あまつさえ同性に妃呼ばわりされる自分ではない。

「簡単に言うんじゃねぇよ」

「カイ……」

「俺は珪だ！　須東珪！　毎日満員電車に揺られて通勤して、ムカつく上司と取引先にイラついて、でも同僚たちとそれなりに楽しく仕事して……そんな退屈な生活に満足できなくても、人並みに生きてられりゃいいって、適当に毎日過ごしてる、そんなつまんねぇ男なんだよ！」

悪かったな！　と怒鳴って、踵を返す。

大股に城の内庭を横切ると、背後からついてくる獣の気配。さらにブーツの靴音がひとつ。

「城の外には出られぬぞ」

結界を張ってあるからな！　と、シルヴィの声が背にかけられる。

――結界だ？

ファンタジー創作の中では使い古された単語だろうが、珪の常識には馴染まない。

――なんなんだ、それは！　科学的に説明してみろよ！

胸中で毒づくも、視線の先、城を囲む城塞のところで、上空の空の色と地平線の向こうと、蜃気楼《しんきろう》のような歪みが見て取れることに気づく。

あれが結界か……と、珪は奥歯を嚙む。

この手で触れたらどうなるのか。弾き飛ばされるのか、あるいは高圧線のように大火傷《やけど》を負うのか。

そのほうがよほど現実味がある。

視界が揺らいだ、と思ったら、先に城内の散策に出たときにはやけに遠く感じた城塞が、目の前にあった。

言葉もなく目を見開くと、「シルヴィの力だ」と、すぐ横から声がする。

「そなたを守るためだ」

悪く思うなと言われて、珪は「別に」と短く返した。

城塞を挟んでこちらと向こうとで、空気の密度が違うように見える。

恐る恐る手を伸ばすと、その手をヴィルフリートに摑まれる。止められるのかと思いきや、摑んだ珪の手を、ヴィルフリートが前へ――城塞のほうへ引っ張った。

「……っ!?　おい……っ」

クラリ……っと目が回る。だが意識を失うほどのものではない。まるでジェットコースターで宙返りを体感したかのような……。次の瞬間には、珪は城塞の傍らで、倒れ込んだヴィルフリートの胸に抱きとめられていた。上から倒れかかったような格好だ。

状況が摑めず目をパチクリさせる珪の身体を支えつつ、ヴィルフリートが半身を起こす。

「大丈夫か？」

「……？」

こめかみのあたりがズキリと痛んで、珪は小さく呻いた。

「時空の歪みに跳ね返されたんだ」

外へ出ようとする力ごと引き戻されたのだと言う。意味がわからない。

「な……ん……？」

説明をしていたヴィルフリートが、珪が額を押さえるのを見て、眉根を寄せる。

「これがシルヴィの結界だ。……どこか痛むのか？」

「いや……、……っ!?」

大きな手に両頬を包まれる恰好で顔を上げさせられ、間近に宝石のような碧眼が迫る。たいしたことは……と、つづけようとした声が喉の奥で絡まった。

碧眼に浮かぶ真剣な色。眉間に刻まれた渓谷の深さに、大袈裟《おおげさ》な……と笑い飛ばす頬も引きつる。

「魔導の力に慣れぬせいだろう。少し休めば楽になるはずだ」

シルヴィの力にあてられた、ということらしい。

「体感するのがわかりやすいと思ったのだが、余計なことだったな。すまぬ」

素直に詫びられてしまっては、こちらも強く出られない。

ヴィルフリートの白く長い指に、剣胼胝《だこ》ができていることに気づく。頬に触れる掌《てのひら》の感触は、ただ崇《あが》められるだけの支配者のヤワなそれではない。戦いを知る戦士のものに感じられた。

澄んだ碧眼がすがめられ、気遣う色が浮かぶ。珪が食ってかからないのを、魔導の力にあてられた肉体的つらさによるものと思ったようだ。

珪が働いていた会社は海外との取引も多く、外国籍の社員も一定数いたから、髪の色も瞳の色も様々目にする機会はあったが、これほど澄んだ美しいブルーの瞳はなかった。

ブルーは遺伝的に劣勢だから、そもそも発現しにくい上、育つ環境によりメラニン色素が増えると濃い色に変化していくとされる。そういう理由もあるのか、アンバーやダークグリーン、グレーの瞳を持つ者は多くても、これほど美しい青い瞳の持ち主はいなかったように思う。

——綺麗だな……。

頬に添えられる指を払うのも忘れ、珪は間近に迫る碧眼に見入る。

額にかかる黒髪も艶やかで、日本人のブラウンがかったそれよりずっと漆黒に近い。とくに珪の髪色は明るくて、カラーリングしているのかと訊かれることも多かったから、その対比でよりそう感じるのかもしれない。

「宝石みたいだな」

ついうっかり口に出してしまって、目の前の整った容貌が怪訝そうな表情を浮かべるのを見て、失言に気づく。

ヴィルフリートに上体を抱えられるような恰好で間近に見つめ合っている体勢に違和感を覚えて肩を押し返そうとすると、支える腕にぐっと力が込められた。

身長も手足の長さも、自分より大きい人間と出会うことのほうが少なかった珪には、当然のことながら、リーチの長い腕に包まれた経験も、軽く押し返せない体軀《たいく》に迫られた経験もない。

そもそも世の男性の多くが、そんな状況を経験し得ないだろうが、相手が自分よりゴツい同性とわかっていても見惚れるほどの美貌の主というさらにレアな条件が付け加えられれば、状況判断力が鈍ってもいたしかたない。

「本当に何も覚えていないのか？」

囁《ささや》くように問う声は、甘さを孕《はら》んで鼓膜に心地好く響く。

長く付き合うためには、顔より声が重要だと誰かが言っていたように記憶しているが、たしかにそうかもしれないと思わされる。

少し掠れたそれは、切なさを孕んで、咎めているというより、なぜ？　と縋るようにも聞こえる。

「……ああ」

幼い頃から繰り返し見た夢の光景を振り払うように返す。碧眼を正面から見返すことができなくて、視線を落とした。

夢の中のあの子も、漆黒の髪に美しい碧眼だった。顔をちゃんと認識できていなかったはずなのに、夢から覚めるたびなぜ顔を覚えていないのかと口惜しく思っていたはずなのに、なぜ今はこれほどに確信があるのだろう。

あれはヴィルフリートだ、と……。

自分の後ろを懸命に追いかけてきた小さな少年が、自分と同じ時を生き、成長し、気づけば身長を追い抜かれ……。

それが夢の中だけの話ならよかった。

現実となって、目の前に現れるなんて。

自分が普通の人間であることを否定され、夢に見ていた世界の住人であるなどと壮大すぎる冗談を真顔で言われて、それが事実だと感じてしまう自分こそ、いったいなんなのだ。

「カイ」

「覚えてねぇもんは覚えてねぇんだよっ」

吐き捨てる声もいいかげん迫力不足でいやになる。

「そんなはずはない」

「……図々しいなっ」

なんでそんな自信満々なんだ、と苛立たしさを隠さず返す。

「そなたが忽然と消えた日からずっと、一日たりともそなたを思わない日はなかった。姿は見えずとも心はつながっていると感じていた」

それこそ図々しいことを平然と言う。この綺麗な顔と瞳に見据えられるだけで説得力があるから性《た》質《ち》が悪い。

「……夢に見た」

ひゅっと、過呼吸にも似た息苦しさが襲った。

「夜毎、夢を見た。カイ、そなたの夢だ」

指の長い大きな手が頬の輪郭をなぞる。

「夢の中で、常にともにあった。時空を超えた向こうで、カイも自分を思っているのだと——」

パシッと、頬に添えられた手を払う。

「使い古されたファンタジーみたいな話はやめろ」

言い捨てて、ヴィルフリートの腕の囲いを抜け出す。強引に阻まれることはなかった。代わりに、立ち去ろうとする珪の腰に後ろから腕を回すようにして引き止めようとする。

「……おいっ」

思いがけない拘束に、どうやって振り払えばいいのかと考える間に背中からぎゅっと抱きしめられる。

「覚えていないと言うのなら、それでもいい」

「……え?」

ぐっと腰を引き寄せられ、背中がヴィルフリートのたくましい胸板に当たる。耳朶《じだ》に吐息が触れた。

「私が覚えている。幼い日にかわした約束もすべて」

かならず思い出させるとも、今一度約束させるとも、言葉はつづかない。

どちらでもかまわない。

どちらであっても、この腕は離さないと、言われた気がした。

耳朶に、熱が触れた。

それがヴィルフリートの唇だと、気づいたときには、拘束から解放されていた。

耳が熱い。手をやると、たしかに熱を持っている。

キザ野郎！　と、怒鳴ったところで、言葉の意図が通じなければ意味がない。そもそも、気色悪いとも思わず、赤面して、泡を食っている時点で、自分の負けだ。……何に対してかは、自分でもわからないけれど。

惚《ほう》ける珪の手を取って、ヴィルフリートが先立って歩き出す。「どこへ？」と問う声が掠れて、ぐっと奥歯を噛んだ。

手を払おうとすると、指と指を絡めて握り直される。いわゆる恋人つなぎというやつだ。

「おいっ！　ヴィル！」

どこへ行くのかと問う。

「ついてこい」

なんだその、いまどき流行《はや》らない亭主関白を気取ったセリフは。

胸中で文句を繰り返すものの、かといって絶対にいやというわけでもなく、強引に振り払うことはしなかった。

意外にも硬いヴィルフリートの手の感触が、嫌いではないと思ってしまったのだ。

労働などしたこともないやわらかくて綺麗な手だったら、何が次期王位だ玉座だと反発を覚えたかもしれない。

だがヴィルフリートの手は、戦いを知っている。それはつまり、その肩に乗る責任の重さを自覚しているということだ。

そのまま珪の手を引いて城を出たヴィルフリートは、城下の街へ足を向けた。

週刊少年漫画雑誌で連載されていたファンタジー系バトル漫画で見たような、中世をモデルとした世界観を彷彿《ほうふつ》させる街並みだ。

とはいえ珪は、同僚が昼休みに読んでいるのを横から覗いただけでまともに読んだことがないから、その漫画の世界設定が、自分の記憶に残る印象で合っているのかどうかは知らない。

通り沿いに並ぶ商店と市場の賑《にぎ》わい、街行く人々の喧騒《けんそう》、子どもたちの高い声。

ちょうど夕刻の買い出しの時間帯なのか、食品を物色する婦人の姿が多いように感じる。一方で、飲食店が並ぶ一角では、早々に酒瓶を傾ける男たちの姿も。

ジョッキや杯に満たされる液体の色は様々で、ワインやビールらしきものなど、多種多様なアルコールを嗜む文化があるようだ。

アルコールのアテとしてテーブルに並ぶのは、市場に並ぶ豊富な食材を調理したと思しき料理の数々。

珪が口にしたのは、王宮の料理人が調理したものだったから、高貴な身分の人のために特別に料理された手の込んだメニューだとばかり思っていたのだが、市井の人々が口にする料理も、手をかけたものが多いように見受けられる。

街並の印象から、焼いただけの肉だの茹《ゆ》でただけの野菜だのといった、大雑把な料理を想像していた珪は、意外性に目を見開いた。

食文化の多様さは、グレーシュテルケの民が高度な文明を有する民族である証《あかし》だ。

果物屋の前を通りかかったら、若い娘が連れ立って、手搾りのジュースを買い求めていた。興味を惹かれて足を止めると、ヴィルフリートが「飲んでみるか」と声をかけてくる。

「甘いのか？　それとも酸っぱい？」

「いろいろある」

言葉をかわすふたりに気づいた娘が振り向いて、そして「あ！」と声を上げる。だが、不躾に声をかけてはこない。

周囲に意識を向けて、なるほど……と納得した。

皆、ヴィルフリートに気づいていて、気づかないふりをしているのだ。次期王となる王子がお忍びで城下を歩いている。それを騒ぐでもなく、微笑ましく見守っている。

街の治安がいいことの表れか、あるいはヴィルフリートの騎士としての力量ゆえかもしれない。

珪は、自分に興味津々といった視線を向ける娘たちが手にしたものを指して、「同じやつ」とオーダーした。

よく冷えた素焼きの杯に満たされて出てきたのは、フルーティーで甘い香りのジュースだった。恐る恐る飲んでみると、洋梨に近い味がする。店頭に並ぶどの果物かと訊いたら、意外にもドリアンに似たゴツゴツとした大きな実を指差された。

「うまい」

新鮮なフルーツをその場で搾っているのだから、美味いに決まっている。

また少し歩くと、今度は串焼きの店を見つけた。店の軒先で、串に刺した肉を炭火で焼いている。

珪の目には、まごうことなく焼き鳥に見えた。……サイズは倍ほどあるが。

「なんの肉だ？」

念のためと思い、確認を取る。

ヴィルフリートはニンマリと口角を上げて、何も答えないまま、一本を買い求めた。珪に差し出してくる。

「……」

沈黙が気持ち悪いが、美味そうな匂いに負けて、口にする。肉質は鶏《とり》に近い。地鶏の弾力に似ているように思えた。

「口に合うか？」

「……うまい」

ならよかった、とヴィルフリートが小さく笑う。

「なんだよ、教えろよ」

珪に詰め寄られて、ヴィルフリートは串焼き屋の隣の商店へ珪を促した。そこは肉屋のようで、様々な部位が売られている。だが、日本で育った珪にはあまり見慣れない……ようは姿のまま、解体される前のものも売られていた。

「あれだ」

ヴィルフリートが指差したものを見て、珪は噴き出しそうになった。

「な……っ!?」

そこに吊り下げられていたのは、巨大な蛇《へび》と鳥を足して二で割ったような姿のものだった。たしか昨今の研究では、翼竜は羽毛に覆われていたことが判明したと聞いたことがあるが、まさしく羽を持つ恐竜のように見える。

「てめ……」

だからすぐに答えなかったのか。

でも、鶏に近いと感じた珪の舌は間違っていない。この世界では一般的な食料なのかもしれない。

「よく食うのか？」

「ああ。狩るのは腕がいるが、繁殖が容易だからな」

なるほどやはり、鶏肉と同じようなものだと理解した。

スーパーマーケットでパックにされた肉しか買わない日本人には命をいただいているという認識が乏しい。珪もそのひとりだ。食物連鎖のありかたを、異世界に飛ばされて、あらためて学ぶことになろうとは。

さらに行くと、香ばしい香りが漂ってきた。

店頭には、巨大なパンが並び、様々なサイズにカットして量り売りされている。その横には、可愛らしく飾り付けられた焼き菓子が並ぶ。

ハード系のパンを見つけて、珪は適当なサイズにカットしたそれに切り込みを入れてもらった。半分ほど残った串焼きの肉を挟んで頬張る。

「うん、うまい！」

それを見ていた子どもたちが、小遣いで串焼きとパンを買い、珪と同じようにして頬張る。「おいしい！」と歓声が上がって、珪は「よかったな」と笑った。

珪に声をかけられた子どもたちは、ビクンッと背筋を伸ばして、顔を真っ赤にする。おどろいた珪が「どうしたんだ？」と傍のヴィルフリートに尋ねると、「光栄すぎて固まっているだけだ」と苦笑で返された。

「鍵に声をかけてもらえることなど、普通はないからな」

そう言われて、珪は「まずかったのか？」とヴィルフリートの耳元に尋ねる。この世界のルールがわからないから、見ず知らずの人に迷惑をかけることは避けたい。

「いや、問題ない」

ヴィルフリートが口元を緩める。

「皆、喜んでいる」

見てみろと言われて、あらためて周囲に目をやる。

街を行くふたりを遠目に取り囲む人々の顔には、興味と同時に歓喜が浮かんでいた。

「長く行方が知れなかった鍵が戻ったのだ。それを喜ばない、グレーシュテルケの民はいない」

誰もが珪の帰還を歓迎しているのだという。

人々の笑顔を見ているうちに、珪はどうにもいたたまれない気持ちになった。

この世界を受け入れられず否定する気持ちと、向けられる笑顔を嬉しいと感じる自分と。

珪にとっては現実味の薄いファンタジーのような世界にも、生きる人々の生活があり、価値観がある。自分にそれを否定する権利はない。どれほど受け入れがたくとも、グレーシュテルケに生きる人々にとっては、この世界が真実なのだ。

「ヴィルフリート殿下とカイ様に乾杯！」

屋台で飲んでいた一団から声が上がった。買い物途中の婦人たちも、子どもたちも、商店主たちも、皆がそれに答えて声を上げる。

「ノルド王家に乾杯！」

別の一団から声が上がった。乾杯の声が重なる。

そうした歓喜の声に、ヴィルフリートは慣れた様子で軽く手を上げて応え、珪を促して歩みを進める。

市場の隅にパラソルを広げる花車を見つけて、ヴィルフリートが花売りの少女に何やらオーダーをする。少女が可愛らしいリボンを結んでヴィルフリートに差し出したのは、花弁を重ねる一輪の白い花だった。大ぶりな薔薇《ばら》に似たそれは、とても高貴な印象だ。

その花を、ヴィルフリートが珪の胸元へ。

まるで新郎のブートニアのようにも見える。

花売りの少女が、「すてきです」と頬を染める。その反応だけで、自身の胸に飾られた花の意味など、訊くまでもないと思われた。

きっと、甘ったるい意味を有しているに違いない。

むしり取ってやろうかと思ったが、少女の無垢《むく》な眼差《まなざ》しが珪を止めた。この子を悲しませる必要はない。

しかたなくそのまま散策を再開する。やがて通りの一番賑やかな場所を過ぎたのか、開けた広場を中心に、ベンチやテーブルが並ぶ一角に出る。

広場を囲むようにカフェなどの飲食店が軒を連ね、通り沿いに見かけた飲屋街とは雰囲気を異にしている。

こちらは親子連れや恋人同士が、静かに語らいながら、お茶をしたり食事を取ったりする場所のようだ。

店内での飲食はもちろん、テラスに並べられたテーブルや広場に設置されたベンチに、オーダーしたものを持ち込むことも可能らしい。

ベンチには、ひとつおきに肩を寄せ合うカップルの姿がある。こういうところは、異世界でも変わらないのだなぁと、珪は小さく笑った。

「何がおかしい？」

ヴィルフリートが不思議そうに問う。

「ん？　どこの世界でも恋人たちの行動パターンは変わらないんだな、って思ってさ」

微笑ましく見ていただけだと言うと、ヴィルフリートは寄りそう恋人たちに目を向け、眉間に皺を刻んだ。

「ああして過ごした経験があるのか？」

「学生時代は金もないし、デートっていったらもっぱら公園で――、……なんだよ？」

ヴィルフリートの眉間に刻まれた渓谷の深さに、首を傾げる。珪が怪訝に瞳を瞬くと、ヴィルフリートは「そうか」とだけ呟いて、踵を返した。

慌てて背を追いかける。置いていかれても困る。珪には土地勘がないのだから。

「恋人がいたのか？」

振り向きもせず、声だけで問いかけてくる。

「……は？」

なんだいまさら、というのが正直な感想だった。

「それほどに帰りたがるのは、残してきた者がいるからか？」

「いや、いないけど……」

返す途中で言葉を切る。

頭をガシガシと掻《か》いて、「ったく」と吐き捨てた。

「恋人や親兄弟がいなけりゃいいってもんじゃねえだろ」

天涯孤独なら、それまでの生活を簡単に捨てられるとでも？　ヴィルフリートの口調からは、そういう気遣いがまったく感じられない。

「たとえば……、あくまでも仮定の話だけど、この世界が俺の生まれた場所だとして――」

「だから、そうだと言っている」

ヴィルフリートが不思議そうに言う。それを、「話の腰折るなよ」と制して、「仮定の話してんだ」と言葉を継いだ。

「――だとして、故郷に帰ってこられたんだとしても、手放しに喜べると思ってるんなら、相当な想像力の欠如だ」

「……」

ヴィルフリートがおし黙る。

「名前以外何も覚えてない俺を保護してくれた施設の先生も、俺を我が子として引き取ってくれた両親も、もう亡《な》いけどさ、命日には墓参りをして、先生や両親を知る人と昔話したり……そういう時間を、ずっと大事にしてきたんだ」

珪がいま現在、天涯孤独の身で、いずれ家族になってくれる恋人の存在がなかったとしても、だからといって、育った世界を捨てられるかといえば、そんなはずはない。

そういう大切なものを捨てて、この世界に帰還した現実を、事実として受け入れることに、どうしても抵抗を覚えるのだ。

たとえ細胞レベルで、心の奥底で、この現実を受け入れ歓喜していたとしても。

だからこそ、そんな自分の感覚に反発を覚える。ヴィルフリートでもシルヴィでもなく、自分自身に。

「この世界が、カイを必要としている」

「……っ」

言い訳をするでも、珪をなだめるでもなく、ヴィルフリートは淡々と言う。

その反応が腹立たしくて、でも頼もしいと感じる人々の信頼もわかる。街の様子を見ていれば、いやでも理解する。

「カイが元いた世界に、人の営みがあったように、この世界にも、人々の暮らしがある。私には、それを守る義務と責任がある」

「そのために、俺に犠牲になれって？」

「……」

やはり、ヴィルフリートは何も言わない。何を言ったところで珪の感情を逆撫でするだけとわかっているのだ。

長嘆して「わかってる」と呟く。

ヴィルフリートは、人々の生活を見せるために、珪を連れ出したのだ。育った世界への未練は当然、だが目の前の現実を見てほしい、と……。

「ずっと俺が……鍵が見つからなかったら、この世界どうなってたんだ？」

四つの王家が王位を争うとは聞いたが、その玉座争いが、結果的に人々の生活にどんな影響をもたらすのか。いま見た、平和で幸せな光景は破られてしまうのか。

「政治不安が人々の生活に何をもたらすか、そなたがいた世界では、そういったことはなかったのか？」

正論を返されて、珪は「ああ」と頷いた。政治が揺らいでロクな事態にならないのはどこの世界も同じじか。

「伝説によれば、千年の昔に鍵不在の治世が三代つづいたという。天から雷光が落ち、地は割れ、人々は戦に疲弊したと言われている」

「……政治不安どころの話じゃねぇぞ」

「三代つづいて不在だったのだ。鍵の責任ではなく、王の慢心を天は諫《いさ》められたのだ」

伝説をないがしろにした、王の政《まつりごと》のありかたに対して天が怒りの鉄槌《てっつい》を下しただけのことだとヴィルフリートが言う。

そんな話を聞かされては、気が咎めるではないか。

この世界がどうなろうと知ったことかとは、珪にはとても言えない。

もしかしてそのために街に連れ出したのか？　などと卑屈な考えが過ったが、それは違うな……と珪はすぐに思い直した。

ヴィルフリートはそんな小さい男ではない。純粋に、珪に街の様子を見せたかったのだろう。

くそう……と、今日何度目か毒づきつつ唸っていると、傍からじっと見つめる視線を感じて、ひとつ嘆息した。

「金取るぞ」

鑑賞料を徴収してやろうか。

あまりに見つめられて、穴が空きそうだと呆れる。

「男の顔なんか見てても、楽しくもなんともないだろ」

ヴィルフリートくらい綺麗なら話は別だが、自分など多少整っているかもしれないが人並みだ。

「いや、見ていて飽きない」

「バカにしてんのか？」

揶揄《からか》っているのかと不服を滲《にじ》ませると、「なぜ？」と不思議そうに聞き返される。「もういい」と冗談の通じない相手とのやりとりを放棄して、珪は腰を上げた。

「腹減ったな」

食べたばかりなのに、理由付けとしては適当すぎた。

城に帰ろうと来た道を戻ろうとすると、二の腕を掴まれ、反対方向へ促される。

「イチャつくカップルにあてられるのはごめんだぞ」

「よくわからないが……、こっちだ」

珪の言うことがよくわからないと首を傾げて、ヴィルフリートは前を歩く。どうやら道は半円を描いて城に戻る造りになっているようで、落ち着きを見せていた通りが、城に近づくにつれまた賑わいを見せるようになった。

二の腕を掴んでいた手が、珪の掌を取る。

「おい……っ」

城内はまだしも、男同士で手をつないで繁華街を歩くなんて……と言いかけて、この世界では奇異の目で見られることはないのだと思い直す。

思い直したあとで、納得していいわけがないと、胸中で自分で自分に突っ込んだ。――が、振り払おうとするも思ったように力が入れられなくて、またも胸中で舌打つ。

「放せって」

もっと強く出てもいいはずなのに、どうしても声が弱くなる。

余計な話を聞いたせいだと、胸中で呟くものの、それをヴィルフリートにぶつける気にはならなかった。

「聞こえてんだろっ」

無視するな！　と、文句を言っても、手は放されない。逆に指と指を絡めて強く握られてしまい、簡単に振り払えなくされてしまった。

夢に見た情報がたしかなら、ヴィルフリートのほうがいくつか歳下のはずだ。歳下のクソ生意気な幼馴染に手をつながれて歩く――幼馴染という単語が自然と頭に浮かんだ自分にいま一度胸中で嘆息した。

「逃げねぇから、手ぇ離せって」

恥ずかしいと、口に出すのが何より恥ずかしい。

男に手を握られて、気色悪いと思えたならまだよかった。いやじゃないから、腹立たしいのだ。

「おい！　ヴィル！」

いつまでも聞こえないふりをする男に腹が立って、珪は後ろから蹴りを食らわせる。もちろん冗談半分の軽いものだ。当たったところでたいして痛くはないが、案の定ヴィルフリートにはさらりとかわされてしまう。

「ムカつくっ」

もうひと蹴り食らわすと、ヴィルフリートは観念したように「足癖が悪いな」と珪を振り返った。

だがその声は愉快そうだ。

「我が妃殿は乱暴がすぎる」

「いやならさっさと俺を還せ」

そして、この世界で育った娘を娶ればいい。そのほうがうまくいくだろうことは、想像に容易《たやす》い。

「いやではない。むしろ好ましい」

「……っ、趣味悪ぃな」

吐き捨てる珪に、ヴィルフリートがニンマリと口角を上げる。

「何がおかしい？」

「いや」

何も、と返される言葉を、鵜呑《うの》みにできるとでも？

「なんだよっ」

少年の頃に戻ったような気持ちで、軽い言葉の応酬を楽しむ。子ども時代には、友だち同士、こんなやりとりをしたものだ。

だが大人になると、ちょっとしたことが後のしこりとなるのを恐れて、他人行儀な口ばかり利くようになる。とくに珪は長く体育会系の上下関係の中にいたから、気安い口を利ける友だちは少なかった。

だから、ヴィルフリートと気の置けない関係を築くのは、実のところやぶさかではないのだが、妃と言われると、どうしても困惑と反発のほうが先に立つ。

「カイ」

「ん？」

爪先に視線を落としていた珪は、ふいに間近に名前を呼ばれて、顔を上げる。

気づけば城の城塞が目の前に迫っていた。警備兵の立つ門扉とは反対側へ足を進めたヴィルフリートは、どうするのかと思ったら、松明《たいまつ》の明かりが切れた薄暗がりの中、城塞の脇に根を張る一本の常緑樹に身軽に登ると、軽く城壁の上へ。珪に手を差し伸べる。

侵入を容易にする状況が放置されていていいのか？　と思いつつも、珪も同じようにして城壁の上によじ登り、ヴィルフリートの手を無視して、向こう側へ飛び降りる。ヴィルフリートは苦笑して、それにつづいた。

一定間隔に置かれた松明と松明のちょうど中間地点に当たるため、薄暗い城塞の向こうがどうなっているのかわかっていなかったのだが、飛び降りたあとでそれに気づいた。

暗闇に光る、無数の目。

なるほど、これがあるから、侵入の手助けとなる樹木が放置されているわけかと納得する。

グルル……と低い唸り声が、月夜の暗闇に響く。だがそれはすぐに収まって、攻撃的な気配はなりを潜めた。

ややして目が闇に慣れて、珪はゆるり……と目を見開く。

珪が知る大型犬サイズのリューク――と同種の生き物が十数頭、ふたりを囲むようにこちらを見ている。

「仔犬？」

　そもそもこちらの世界では、犬なのか狼なのか、まったく違う生き物なのか、わからないが。リュークの幼体と思しきモフモフたちが、鼻を鳴らして尾を振っている。愛くるしい反応は、ヴィルフリートに向けたものだろう。

「幼くとも鋭い牙を持っている。侵入者があれば餌食になるだけだ」

　城内の繁殖場で育った個体は、いずれ城の警備や騎士隊の一員として訓練されるのだという。

「起こしたか、すまなかったな」

　すり寄ってきた数頭の頭を撫でて、足を進める。

　リュークやナーガとは違う。自分のことは、侵入者と認識していないだろうかとヴィルフリートの背を追う。

「大丈夫だ。鍵を見紛うようなものは、この城にはいない」

　足元にすり寄ってくる幼体に気を取られていた珪は、伸ばされた腕が腰を抱くのを、うっかり許してしまう。

「鍵、言うなっ」

　条件反射で返したあとで、声の近さに気づく。

　身体が密着するのに気づいて、距離を取ろうとするも、強い力で引き戻される。

　倒れ込んだときに感じた体温とも、種類が違う気がした。薄暗がりの中で、じっと見据える碧眼が暗い夜の海のような色味を湛《たた》えているせいかもしれない。

申し訳ないが、雰囲気に吞まれるほど、こちらは初心ではない。

同性にときめく趣味もない。……ないはずなのに、やはりヴィルフリートの瞳の色は綺麗だと思う。

距離を縮めようとするヴィルフリートの端整な顔を、容赦なくぐいっと押しやる。

何をするつもりだった？　と、数時間前までの珪なら遠慮なく指摘していたはずだが、どうしてかいまは言葉を吞み込んでしまう。

「疲れた」

言い訳のように呟いて、腰に添えられた手を外す。

城の明かりを目指して大股に歩く。リュークの幼体たちは、途中までついてきたものの、与えられた場を出ることはなかった。

城の広い敷地内を、抜け道を使って通常の何分の一かの時間で横切る。夢の中で、幼い少年と探検して抜け道を見つけた記憶が脳裏を過った。ヴィルフリートに行先を説明されずとも、珪は抜け道を辿ることができてしまう。

珪の足取りのたしかさに、ヴィルフリートは気づいただろうか。

気づかなければいい。

自分だって、認めたくないのだから。指摘されたら、また余計なことを言ってしまうかもしれない。

ヴィルフリートに当たるのは、珪だって本意ではないのだ。

城内に戻ると、「お食事を……」と呼び止める側近たちの声や、「湯浴みの準備が……」と追いかけてくる女官長の声を振り払って、大股に部屋へ。警備兵が慌てて扉を開ける。

ドアの開閉くらい自分でできるし、風呂はひとりでゆっくり入りたい。腹なら膨れてる。この世界のものは何もかもが珪の育った世界に比べてデカいのだ。串焼きもパンも充分すぎる量があった。

ひとりにさせてくれ……と、部屋に逃げ込もうとしたのに、一瞬の隙をつかれ、ヴィルフリートの侵入を許してしまう。

「おい……っ」

あっと思ったときには閉まった扉を背に押さえ込まれていた。

肩が硬い木材に当たる。

「……っ」

小さく呻いた喉に、唐突な痛みを感じた。

――……っ!?

珪を扉に押さえ込んだヴィルフリートに嚙みつかれたのだ。

おまえはリュークでもナーガでもないだろうと、こんな場面において呑気極まる指摘が脳裏を過る。

だが、犬歯が肌に食い込む感覚に、そんな余裕は消え、背筋が震えた。

「や……めっ！」

突き飛ばそうとする腕を、珪が知るものとは少し違う体術で押さえ込まれ、蹴り上げようとした膝は太腿《ふともも》を割って入り込んだヴィルフリートの足によって封じられる。

「吸血の習慣があるなんて言わねぇよな」

掠れる声で返す。

頸動脈《けいどうみゃく》の上に歯を立てられているだけなのに、息が上がってうまく喋《しゃべ》れない。

ようやく急所が解放される。

この期に及んでも冗談で茶化そうというのかと、ヴィルフリートの青い瞳が間近に強い光を放っている。

大きな手に頤《おとがい》を捕られた。

それを払うより早く、抗議の声ごと唇を塞がれる。

「……っ」

図々しく侵入を果たそうとする舌に、反射的に歯を立てていた。

熱いものに触れたかのようにヴィルフリートが顔を離す。だが先以上に強い力で頤を固定され、今度はいきなり深く咬《か》み合わされた。逃げる間もなく熱い舌に捕まり、絡め取られる。

「ふ……んんっ、――っ」

熱い感情を叩きつけるかのような口づけに、情欲を煽《あお》られ、思考がままならなくなる。こうなると男の身体は厄介だ。目の前に突きつけられた欲望を追うことを優先しはじめる。生命としての本能に基づく行動は容易に制御が効かない。

嫌悪感が先立つなら、それこそ自己防衛本能から、とうにヴィルフリートをボコボコにしているはずだ。その自負はある。

なのに、隙をつかれた。

口腔《こうこう》を犯す熱い舌に今一度歯を立てることもかなわないまま、好きにさせている。

受け入れたわけではない。いい大人なのだ、たかがキスのひとつやふたつ、犬に嚙まれたとでも思えばいい。

だから本気の抵抗をしないだけであって、受け入れたわけじゃない。逃げるのも悔しいから、しかたなく応じているだけだ。

ぐるぐると言い訳が巡る思考すら、やがて明瞭さをなくしていく。

自身の内から立つ水音の淫靡《いんび》さ。

荒々しさの奥に垣間《かいま》見える手管に無駄な対抗心を煽られて、自らも濃密にしかけてしまう。

やり返すつもりが、ガクンっと膝が崩れかかったことで我に返り、ハッとして目を見開く。

間近に見据える碧眼とぶつかって、言葉もなく見つめ合ってしまう。

力の抜けた珪の腰を、ヴィルフリートの腕が支えている。

密着する肉体の湛える熱を、着衣越しにも感じてしまって、カッと頭に血が昇った。

異世界人でも生理現象は同じらしいと、こんなときまでくだらないことを頭の片隅で考える自分がいる。これはもはや逃避行動だ。

「退けよ」

訴える声が掠れていて、いやになる。

「カイ……」

熱っぽく呼ぶ吐息が唇に触れて、頬が熱くなるのを感じた。

「手加減なしの一発、腹に喰らいたくなかったら退け」

吐き捨てて、のしかかる肩を押しやる。

その手を、ぐっと摑まれた。

睨み合う視線の中、ヴィルフリートが摑んだ珪の手を口元へ。指先に口づけられて、珪は反射的にそれを振り払っていた。

「……っ！　俺は女じゃない！」

何度も言わせるな！　と怒鳴って、寝室に逃げ込む。扉を閉め、鍵をかけて、ヴィルフリートから逃れた。

こんな消極的な拒絶は、珪のよしとするところではないのに。

――くそ……っ。

毒づいて、扉を背にズルズルとへたり込む。

「カイ……」

ドア越しに、呼ぶ声。

応えずにいたら、ややして気配が遠のく。

ヴィルフリートの気配が消えたのを確認してようやく、珪は大きく息をついた。苛立ちをどうすることもできず、前髪をくしゃりと掻き上げる。

身体が熱を持て余している。

身も蓋もない言い方をすれば、煽られた欲情に身体が昂っている。たかがキスくらいで……と苛立つも、事実は曲げられない。

ここしばらくご無沙汰だったからだ。忙しくて彼女をつくるのも面倒で、二十代で枯れる気かと、自分で自分に突っ込む日々だった。だからだ。だから、あの程度のキスに煽られて、十代のガキのように欲望を持て余している。

情けなくて、昂る場所に手を伸ばすのも躊躇《ためら》われる。

床に座り込み、膝を抱えた格好で動けないまま、唇を噛む。じっと熱が冷めるのを待つものの、一向に収まる気配がない。

どうすることもできなくて、珪は気力を振り絞って腰を上げ、ふらふらと浴室へ向かった。冷たいシャワーを頭から浴びて、フツフツと湧く熱を散らす。

水勢を最大にして、痛いほどの水に打たれる。身体の芯まで冷えて、歯の根が合わなくなるまで、打ち付ける水の中に立ち尽くした。

ふらつく足取りで浴室を出て、ベッドに倒れ込む。

ガタガタと震える身体を抱きかかえるようにして、丸くなった。

頭がズキズキと痛む。

目眩《めまい》に抗わず瞼を閉じて、半ば無理やり眠りに落ちる。

寝て起きたら夢だった……なんてオチならいいのに、と考えるのももはやバカバカしくなっていた。


ひどい喉の渇きを覚えて目を覚ました。

――な……ん……。

声を出そうとして違和感を覚え、やっちまった……と胸中で舌打ちをする。冷たいシャワーに打たれたせいだ。

喉が痛い。

重い身体を懸命に起こして、水を求める。

室内はまだ薄暗い。だが、深夜の暗さではない。明け方が近づいてきている薄明るさを感じる。カーテンの引かれた窓に目をやって、その手前のテーブルにグラスと水が満たされたデキャンタを見つける。

喉が痛いだけでなく、身体も重い。中途半端な睡眠のせいだろうか。

デキャンタの水はぬるかった。飲み干しても喉が潤った感じがしない。

しかたなく、寝室を出る。ヴィルフリートは別室で眠っているのだろうか、リビングは暗かった。酒瓶くらいないのかと思ったが、見当たらない。この世界には冷蔵庫がないのか、それとも立場上ヴィルフリートの部屋には必要がないから置かれていないのか、よくわからない。

扉の向こうには警備兵がいるだろう。部屋から出してはもらえまい。でも今、珪は無性にここから出たかった。

リビングの窓の向こうには、広いバルコニーがある。

出てみると、ナイトブルーの空に大きな月が浮かんでいた。珪が見慣れた月よりも大きく、くっきりとしている。

バルコニーの下には、美しくつくり込まれた庭園が月明かりに照らされている。濃い花の香りが風に乗って漂ってくる。

どうやら、王子であるヴィルフリートの部屋からの景観のためだけに造れたものらしく、かなり広いがよく見ると四方を石塀に囲まれている。どこかに庭師が出入りする通用口はあるのだろうが、一見したところ、それらしい扉は見当たらない。隠すように作られているのだろう。

その庭園の中程に、滔々《とうとう》と水の流れる噴水があった。

噴水といっても、よくわからない彫像が手にした壺《つぼ》から水が流れ出ているような、何がいいのかさっぱりわからないデザインのものではなく、自然の岩場を模した造りの、水の清涼感を感じさせる小さな滝のようなものだ。

その水が、とても冷たそうに見えた。

水音のせいだろうか、デキャンタのぬるい水の何倍も美味そうに感じられる。

内庭として造られているのなら、散策できるようになっているはず。そう考えて首を巡らせると、バルコニーの端から降りられるようになっているのに気づいた。

月明かりの中、花の咲き乱れる庭園に足を踏み入れる。見ようによってはひじょうにロマンティックな情景だが、珪の目的はあくまでも水だった。

ふらつく足で、水音のほうへ。

水は常に流れつづけているようで透明度が高い。田舎《いなか》の渓谷で湧水を飲んだときのような甘い匂いがする。

流れる水を両手で掬《すく》う。ひやりと冷たくて、心地好い。口に含むと甘く、山から引かれた天然の湧水だろうと思われた。

ひと口では足りなくて、もうひと掬い、さらにもうひと掬い。飲み干して、ようやくほうっと息をつく。

噴水の傍にズルズルとへたり込んで、流れる水に手を晒《さら》したまま、気持ちよさに目を閉じた。

頭がクラクラする。よもや、昔話に登場する酒の湧く泉でもあるまい。

青白い月明かりに照らされる庭園は甘い花の香りに満たされ、寒くもなく、熱くもない。ここで朝まで過ごすのも悪くないと考えて、清涼な水音を立てる湧水をもうひと口含んだ。

水の冷たさを心地好く感じる、酔っているわけでもないのに頭がクラクラする、身体が重い。実に単純なひとつの症状を表しているのだが、気づけなかったのは、日常とは言いがたい状況に置かれていたためとしか言えない。

半ば水に浸かった恰好でうつらうつらと重い瞼を震わせる。喉の渇きが癒されたらもう動きたくなくて、珪は肉体の生理的欲求に従うことにした。

外部からの侵入者など考えられない場所だ。ここで寝ていても問題あるまい。

心地好い水音に鼓膜をくすぐられ、睡魔に囚《とら》われる。

ふと、背筋に違和感を覚えた。

眠っていたのか、寝入り端だったのか、珪の感覚としては後者だが、実際のところはわからない。

気配。

ヴィルフリートのものではない。

シルヴィでもエーリクでもないとわかる。

——誰だ……？

この内庭は、この城の主《あるじ》のために造られた空間ではないのか。それとも造園の人夫だろうか。こんな時間に？

「……っ!?」

ハッとして飛び起きた。

だが、身体がぐらりと傾いで、噴水に倒れ込む。

「ただの男ではないか」

妙に艶っぽい女の声。

「ヴィルフリートがご執心と聞いたが……本当にこれが次代の鍵なのか？」

粘っこい、耳に張り付くようないやな声がつづく。

どちらも、とても友好的なものには聞こえない。これならシルヴィの言い草のほうが、百倍友好的だ。嫌味なだけで、敵意は感じない。

力の入らない上体を起こして声の主を確認する。

黒いフードを目深にかぶった細いシルエットと、その傍にひょろりとした長衣のシルエット。中世を舞台にした映画に登場する、宗教関係者の衣装を彷彿とさせる。

黒いフード付きのマントに身を包んだ痩身《そうしん》は女と思われた。フードの隙間から、うねる赤い髪が長く垂れている。マントの袖口から覗く手は白く、黒く塗られた長い爪が魔女を思わせた。

女からは、シルヴィに似た気配を感じる。でも、シルヴィとは似ても似つかない毒々しい気を放っている。

なるほど、昼間に襲ってきた連中は、まだ可愛げがあったということか。やつらはヴェスト王家の手の者だと聞いた。ヴィルフリートはノルドの王子。

ということは、このふたりは残り二王家のいずれかということだろう。

「お初にお目にかかりますカイ様、お迎えにあがりました」

商売女のようなねっとりとした口調が耳障りだ。

「ヴィルフリートがあなたを連れ帰ったとき、私も出迎えたのですが、覚えておいでかな？」

拍手喝采で珪を連れたヴィルフリートを出迎えた連中の中に、腹に一物あるこいつらも混じっていたわけかと理解する。

「どうして……」

喉が嗄《か》れて、声がうまく紡げない。

「私の力をもってすれば、あのガキの張った結界ごとき、簡単に破れますのよ」

女が自慢げに言う。どうやらこの女も魔道士のようだ。ガキというのはシルヴィのことだろう。実年齢は珪より上だと言っていたが、見た目はたしかに子どもだ。

「あなたを我がズュード王家にお迎えするために参りました」

ひょろっとした男が言う。「我が」ということは、ヴィルフリートと玉座を争う立場にあるズュード王家の王子、ということか。

こんな男が？　というのが、珪の抱いた第一印象だった。

爬虫類《はちゅうるい》愛好家には申し訳ないが、言うなら蛇のような気持ち悪さを感じる。珪に向ける眼差しには、明らかな欲。

民のため、この世界――グレーシュテルケのためと、言葉にせずとも訴えるヴィルフリートやシルヴィとは、スタンスが真逆に思える。

少ない言葉と彼らが発するエネルギーから、珪はそう感じ取った。これも鍵の力だというのなら、鍵がこの世界の行く末を占うというしきたりだか伝説だかの信用性も納得できてしまう。

「具合が悪いの？」

いまさら気づいたのか、女魔道士が言う。

「我が王家秘伝の薬酒を呑めばすぐによくなる。さあ、参られよ」

どんな薬効の酒なんだか……と、珪は密かに毒づいた。

無理やりだろうがなんだろうが、鍵と肉体的に結びついた者に次代の玉座が委ねられると聞かされたばかりだ。粘着質な視線に込められる意図など、分かりやすすぎる。

ヴェスト王家の手の者からは、鍵への敬意が感じられた。だが目の前のふたりからは、権力のために鍵を利用しようとする意思しか感じられない。

たぶん彼らには、珪がそうした負の感情を感じ取っていることがわかっていない。

だから、適当な口車に乗せられると思っている。異世界に飛ばされて、記憶をなくしている情報も得ているのだろう、だからなおのこと、いくらでも言いくるめられると思っているのだ。

「さぁ、我が妃、あなたがいるべきは、ここではない」

蛇男が手を差し伸べてくる。

「ズュードの城は、もっと絢爛《けんらん》で華やかでございますよ」

女魔道士が、月明かりに照らされる庭園を見やって、「ノルドの庭師はなんとセンスのない」と吐き捨てる。

それが、珪の感情をカチンッと刺激した。

趣味の悪い真っ赤な口紅に真っ黒な爪をした女に言われる筋合いはない！　と思ってしまったのだ。

「ようは成金趣味ってことだろっ」

なにが絢爛だっ、と吐き捨てる。

珪の言葉の意味を理解しかねた様子で怪訝そうに眉根を寄せたものの、珪が差し伸べた手を取らないとわかると、強引に二の腕を掴んできた。

「触るな……っ」

振り払うと、まるで金縛りにあったかのように、身体が硬直する。

「我《わ》が儘《まま》をおっしゃらないでくださいまし」

女魔道士が、猫なで声で言った。魔導の力で珪の自由を奪ったらしい。

——……っ、くそ……っ。

身体が動かせないばかりか声も出せないことに気づいて、胸中で毒づく。女魔道士を睨みつけると、

「ずいぶんと躾の悪い鍵ですこと」と嘲るように言った。

「ノルドの坊やからどう聞かされているか存じませんが、しょせん鍵は鍵、王家のために存在する道

具でしかないのだと、己のお立場を理解されることです」

耳障りな高い声。

「失礼を言うな。私の妃になられるお方だ」

形ばかりの妃に据えて、玉座を手に入れたあとはどんな扱いが待っているかしれない。口調から充分に察せられる。

――なんでこんなやつらが……っ。

王家の人間でいられるのか……と考えて、専制政治とはそういうものかと思い直す。民主政治によって選ばれた政治家ですら利己主義に走りがちなのに、専制君主国家となれば育ち方如何《いかん》で簡単に暴君が生まれるだろうことは想像に難くない。

王としての器があれば玉座につけるわけではない。王の器を持たずとも、策謀に長《た》けていれば玉座を手に入れることも可能だろう。だがそんな治世が長くつづくはずもない。だから、その才を持つ者が現体制打倒を掲げて次の玉座を目指す。

その繰り返しで、この世界――グレーシュテルケの歴史は紡がれてきたのだろう。

ヴィルフリートのような王ばかりなら、鍵と呼ばれる存在に玉座を託すような状況は作られなかったに違いない。

過去には、意に添わぬ王の手に落ち、納得しかねる玉座を与える結果をもたらし、絶望にくれた鍵が存在したのだろうか。

表沙汰にならずとも、実際はあったのだろうと思う。でなければ、王位継承権を持つ者が、こんな行動に出るはずがない。

シルヴィが、さっさとしろとヴィルフリートを急《せ》かしたのには、こういう理由もあったのだろうとこの状況に陥ってようやく理解する。

こんな連中と比べたら、ヴィルフリートのオレサマな態度など、世間知らずなお坊ちゃまが見せる我が儘でしかない、可愛いものに思えた。

「誰がてめぇなんかとっ」

うまく回らない舌でそれでも吐き捨てると、蛇男の表情が変わる。

ずいぶんと打たれ弱いことだと、胸中で嘲った。こういうやつが玉座になどついたら、ちょっと苦言を呈した程度のことで、意に添わぬ側近や重鎮を更迭したり、処刑したりする、ロクでもない暴君になるのは目に見えている。

「口の悪い鍵だ」

吐き捨てて、女魔道士に何やら命じる。

自由を奪われた肉体が、ふわり……と宙に浮いた。

「……っ!?　なにを……っ」

女魔道士に引き寄せられ、荷物のように担がれる格好で宙に浮かされた。自分の妃だと言いながら、蛇男には珪を自ら抱き運ぶつもりはない様子。

――こっちから願い下げだけどな。

「放せっ、このやろうっ」

暴れようにも、身体の自由が利かない。かろうじて、掠れた声で抗う。

「城まで待てぬなら、この場で犯してやろうか」

女魔道士が何やら念じると、珪の身体が蛇男の前に張り付け状態にされた。直後、悲鳴のような音を立てて、着衣が裂かれる。

全裸にされたわけではない。そもそも男だから、半裸にされたところで痛くもかゆくもないが、如何せんやり口が気に食わない。

蛇男が、口元を歪める。

「ほお……、男などと思っていたが、なかなかに美しいではないか」

綺麗に鍛えられた肉体だ、などと賛辞を向けられたところで、相手がこいつでは気持ち悪いだけだ。

ヴィルフリートならまだしも……と考えて、珪は己の思考に舌打ちした。

青白い肌の節ばった手が伸ばされる。男の割に細い指なのは、箸《はし》より重いものを持ったことがないためだろう。この世界に箸が存在するかは知らないが。

箸でもスプーンでもなんでもいい。ようは、ヴィルフリートの手とは違う、ということだ。

ヴィルフリートの手は、剣を握るための手だ。民を守るために、鍛錬に明け暮れてきた男の手だ。

誰よりも、正しくこの世界を治めることができる王の手だ。

――こんなやつに、鍵を渡せるかよっ。

ギリ…ッと奥歯を噛む。

意志の力で魔導の力を跳ね除《の》けられるのならやってやる！　と、蛇男を睨み据える。

青白い手が、珪の胸に触れようとする、瞬間だった。

プラチナの光が、珪の目の前で弾けて、宙に浮いていた肉体がふいに重力に囚われる。庭園に張り巡らされた小道の石畳に落ちて、小さく呻いた。

「……っ！」

女魔道士が舌打ちする。

「ノルドの城で、ずいぶんと派手にやらかしてくれる」

高い少年の声が、嘲りを含んで投げられた。シルヴィだ。

声のする方角を探す間はなかった。「チッ」と舌打つ音とともに、珪に向かって光の矢が放たれる。

一瞬のことで、防御の姿勢を取るのが精いっぱいだった。

魔導の攻撃が、肉体にどんな衝撃を与えるのか、わからない。ゆえに防ぎ方もわからない。

その光の矢を阻むように、珪の前に飛び込んでくる影。

「……っ!?　ヴィル!?」

ヴィルフリートが、鞘から抜き取った剣で、光の矢を受け止めている。

実体を伴ったエネルギー波のようなものは、ヴィルフリートの構えた剣にまるで光の玉のようにぶつかって、力負けしたかのように弾き飛ばされる。

城塞に当たったそれが、まるで爆発を起こしたかのように弾けて、光と噴煙を撒《ま》き散らした。

「マジかよ……」

あんなとんでもないエネルギー波を、女魔道士は「鍵」である自分に、迷うことなく放ったというのか？

「あれは殿下の力によるものだ。年増女にあれほどの力はない」

珪に向かって放たれた魔導の攻撃を受け止めたヴィルフリートの力が強すぎただけのことだと、耳元で淡々と説明をくれたのは、どこから現れたのかシルヴィだった。

「聞こえているよ、クソガキッ！」

女魔道士が吐き捨てる。

「事実だろう？」

挑発的な言い草に、女魔道士が悔しそうに真っ赤な唇を噛んだ。その横に、いつの間にか蛇男が移動している。

「許されぬ行いだ。ズュード王家第一王子、オクタビオ殿下」

珪とシルヴィを守るように、広い背が前に立つ。

「く……っ、結界を張っていたのではないのか!?」

オクタビオという名前らしい、ズュード王家の王子は、立ちはだかるヴィルフリートではなく、傍に控える女魔道士に文句を向けた。

ヴィルフリートが、暴漢の名前を肩書き付きで呼んだのには意味があるようだった。

「殿下などと、呼ぶ必要はない」

言い放つのはシルヴィ。

「こやつはもはや犯罪者だ。私の水晶が、すべて記憶している」

シルヴィが手をかざすと、最初のときにも見た大きな水晶が、その手の上に現れた。

「オクタビオ」

ヴィルフリートが呼びかける。

四つある王家のうちのひとつというのなら、きっと以前から交流があるのだろう。初対面ではないはずだ。

「貴様に呼び捨てられるいわれはない！」

オクタビオが吐き捨てる。

ヴィルフリートが、わずかに眉根を寄せた。

「鍵は、物ではない」

オクタビオと女魔道士に向けていた剣を鞘に納めつつ、ヴィルフリートが言う。ヴィルフリートが剣を引いたことが気に食わない様子で、オクタビオは忌々しげに舌打ちした。

「鍵は玉座を得るために必要なアイテムだ」

鍵は道具だと言っているに等しい。

「鍵は、玉座を得るためのものではなく、玉座の間を開く存在だ。グレーシュテルケに泰平をもたらし、民に豊かさと安寧を与える存在だ。グレーシュテルケの王は、鍵の意思に添って統治を行う代行者でしかない」

それを理解しないままに鍵を得て、玉座についたとしても、治世は長くはつづかない。世は荒れ、民は飢え、戦が起こる。

ヴィルフリートの淡々と落ち着いた声が、よりオクタビオを苛つかせるようだった。

「綺麗事を……っ！　貴様の父など、鍵を得ることもかなわぬまま、玉座についただけの代行者にすぎぬ！　そのような者の子が王子を名乗り、鍵を得るなど、許されん！」

喚《わめ》くオクタビオの主張は、もしかするとこの世界においては一定数の理解を得られるものなのかもしれないが、珪にはただ薄っぺらい主張にしか聞こえなかった。

「事実、貴様は鍵を連れ帰っただけではないか！　いまだに鍵は貴様のものではない！」

ヴィルフリートを指差し、嘲る。

珪の中で、何かがふつふつと膨らんでいく。

ヴィルフリートは、相手をするのもバカらしいと、口を閉ざして反論しないだけかもしれない。だが珪には、我慢ならなかった。

「なんか言い返せよっ」

吐き捨てる声に、ヴィルフリートが怪訝そうに振り返る。

「こんな野郎がこの世界の王になんかなったら最悪だ！　あっという間に世界が滅びるぞ！」

民が飢えようが、気にもしないに違いない。そんなやつに、人の上に立つ資格などない。

「な……っ」

オクタビオが忌々しげに口元を引きつらせる。

「てめぇが王様の器だと本気で思ってんのかよ、おめでたいやつめ！　てめぇなんざ、敵の雑魚キャラで充分だ！」

意味はわからなくても、罵られていることは伝わるのだろう、オクタビオの顔がひどく歪んで、言葉も発せないほどに口許が戦慄く。

「殿下！　落ち着いてくださいまし！」

女魔道士がなだめるも、完全に頭に血が上ったらしいオクタビオは、癇癪《かんしゃく》を起こしたかのように「貴様……っ、貴様……っ！」と、呂律《ろれつ》の回らない口で喚く。

「悪趣味きわまるな、ファビオラ。イかれた王子の子守は疲れるであろう。いいかげん見限ってはどうだ」

シルヴィが女魔道士に呆れた口調で言う。女魔道士はファビオラというらしい。

「余計なお世話だよっ！」

憎々しげに吐き捨てて、ファビオラはオクタビオの腕を摑む。

ふたりが光に包まれると同時に、先ほど珪に向かって放たれたのと同じ光の矢が、今度は無数に飛んできた。

「うわ……っ」

冗談もほどほどにしてくれ……と、目を瞠る珪の前で、ヴィルフリートが再び剣を抜く。

跳躍したかと思うと、ヴィルフリートは襲いくる光の矢を次々と薙ぎ払い、そのたびに矢が飛んだ先で城塞が爆破されたかのような轟音《ごうおん》が轟《とどろ》いた。

啞然とその様子を見ているしかない珪の傍で、シルヴィがやれやれ……と長嘆をこぼす。

「そうとうキレておるな」

「オクタビオ殿下を一刀両断しなかっただけ、よしとするしかないだろう」

いつからいたのか、エーリクがシルヴィに追従して、ククッと愉快そうに笑った。

「カイ殿のこのような姿を目にしては、キレてもいたしかたない」

ご無事で何より……と、呑気に言ってくれる。

無事？

この状況でか？

全然無事じゃない！　と怒鳴ろうとして、声が出ないことに気づく。そして、ガクンっと膝が笑った。怒りのままに立ち上がろうとしたはずの身体が、重力に負けて沈む感覚。

あれ？　と胸中で思って、そういえば風邪をひいたかもしれないと思った記憶が……と、考えたところで、石畳に倒れかかった身体を、力強い腕に抱きとめられた。

「カイ……っ!?」

ファビオラの攻撃をあっという間に散らしたヴィルフリートが、慌てた様子で駆け寄ってきて、珪に腕を差しのべたのだ。

「どうした!?　何をされた!?」

感情の起伏の少なそうな男の慌てる顔が妙に愉快だ。

「なんでも……ない、風邪……」

ズュードの連中に何かされたわけではないと説明するも、果たして理解しているのか。ついうっかり恨み節が口をついても、いたしかたない。

「誰のせいだよっ」

掠れた声で毒づく。

「……？　カイ？　誰にやられた!?」

聞き咎めたヴィルフリートが頓珍漢なことを言うのが、腹立たしいやら、笑えるやら。

「てめぇだ！　バカっ！」

怒鳴って、思わず咳《せ》き込む。

その背を、ヴィルフリートの大きな手がさすってくれる。碧眼に浮かぶ怪訝そうな色を見て、本当にわかっていないのかとムカついた。

「おまえがあんなことするから……っ」

冷たいシャワーを浴びることになって、風邪をひいたんだ！　とさらに怒鳴る。

自分の声が頭に響いて、クラリ……と目眩を覚え、ヴィルフリートの胸に倒れ込む。「くそっ」と毒づくも、体の自由が利かない。

「カイ!?」

ヴィルフリートが腕にくずおれた珪をマントにくるみ、抱える。

「喚くな……バカ」

王になろうという男が、この程度で焦ってどうする……と耳元に揶揄《やゆ》を投げてやる。

「カイ……」

驚きを孕んだ声。

鼓膜に届いたそれを愉快な気持ちで聞く。

高熱で朦朧《もうろう》とするなど子どもの頃ですらなかったことで、グレーシュテルケには未知のウイルスでも生息しているのかと、映画のワンシーンを脳裏に過らせながらくだらないことを考える。

意識を手放す直前、ふわり……と重力に逆らって抱き上げられる感覚。魔導の力によるものではない。ヴィルフリートの腕に抱き上げられたのだと、途切れそうになる意識下で理解していた。

一度ならず二度までも男に姫抱きにされるなんて……っ、と口惜しく感じる一方で、こいつならいいか……と、思う自分がたしかにいた。

薄ぼやけた意識の向こうから、声が届く。
マイクがハウリングを起こしたかのように、聞き取りにくい声だが、内容はわかる。
――『あの女狐《めぎつね》、やけにあっさり引き下がったかと思えば……っ』
苛立ちもあらわに毒づく声は甲高い少年のもの。
――『薬物の効果は時間が経《た》てば抜ける。一晩は苦しむだろうがな』
放たれた光の矢そのものに仕込まれていたのだと説明を補足しているが、ではそれを剣で薙ぎ払ったヴィルフリートは大丈夫なのか？　そのあたりをなぜ誰も説明しない？　なんともないから話題にあげないのか？
――『ズュードの外務大臣が、蒼白《そうはく》な顔で面会を求めてきております』
落ち着いた声は、苛立つ高い声の主に向けたものではなく、もうひとりに向けたものだった。
――『追い返せ。言い訳を聞く気はない。鍵への不敬罪で正式に告発する』
珪の聞いたことのないヴィルフリートの厳しい声。グレーシュテルケの玉座を担う者として毅然《きぜん》と振る舞う姿が見えずともわかる。ヴィルフリートこそ、王位にふさわしい。
よかった。ヴィルフリートに影響はないようだと安堵する。

三つの声は、シルヴィとエーリクと、そしてヴィルフリート。
自分は、いったいどんな状況で、この会話を聞いている？
ヴィルフリートの腕に倒れたところで、一度は意識が途切れた。そのあとどうなったのか？
――『さっさと薬を抜いてやることだ』
揶揄を孕む声はシルヴィのもの。
薬を抜く？　医師でもないヴィルフリートが？　珪には意味を計りかねる。
――『そのために放置したのか？』
憤りを孕む声で返すのはヴィルフリート。
――『気づいておったのか』
愉快そうに言うシルヴィに、ヴィルフリートが『していいことと悪いことが……っ』と声を荒らげる。
――『事と次第によってはいかなそなたといえど……っ』
――『殿下が玉座につかれたあとならば、いかな処分も甘んじて受けましょうぞ』
少年の声音ながら、肚《はら》の据わり具合が感じられる。
――『鍵は無傷、厄介な存在だったズュードを追いやる算段もついた。オストの王子はまだ五歳だ、話にならん』
あとはヴィルフリートが玉座の間を開くだけだと言う。

——『思い出を美化したところで、世は治まらん』
生意気な少年の声が、正論を吐く。
——『珪を元の世界に返すと言ったら？』
ヴィルフリートの挑発的な言葉に、場の空気が凍った。
おいおい、何を言い出したんだ、と珪は夢を見る第三者の視点で突っ込みを入れる。
——『この命と引き換えても、殿下を討つまで』
厳しい声の主はエーリク。シルヴィの側に立って発言している。
——『冗談だ』
とても冗談を言っているとは思えない声音でヴィルフリートが返す。
——『ふたりにしてくれ』
大きな手が、珪の髪を撫でる。肌に触れる感触から、ヴィルフリートの手だとわかった。
遠くに、扉の開閉音を聞く。
同時に、珪の意識はまたも白く霞《かす》んで、深い底なし沼に引きずり込まれた。

次に意識を浮上させたとき、珪は滔々と流れるぬるい湯の中に半身が浸かった恰好で、ヴィルフリートの腕に抱かれていた。

「気がついたか？」

碧眼が、気遣わしげに細められる。

「ヴィル……、……っ！」

ふいにドクンっと心臓が跳ねた。

「な……に？」

四肢に力が入らない。庭園で倒れたときより身体が熱く、血流が早い。呼吸も荒い。

「なんの……薬……っ」

「聞いていたのか？」

珪の額に張り付く髪を掻き上げて、ヴィルフリートが体調を気遣うように、額を合わせてくる。親が子の熱を計る仕草だ。

「熱…い……っ」

身体中が熱かった。だが、風邪で高熱を出したときとは、体感が違う。

「なん、だ……これ……っ」

身体中を掻きむしりたいような違和感を覚えたあと、その熱がある一点に集中していく。ギクリ……と、珪は肩を震わせた。

「……っ、そういうことかよっ」

吐き捨てて、ぐっと奥歯を嚙む。

媚薬《びやく》など実際にお目にかかったことはないし、ドラッグの類とも無縁に生きてきたから、経験したことはないが、肉体の反応を見ればそれ以外に考えようがない。

「そなたのほうから誘ったと言い訳に使うために用意していたのだろうが、予定が狂って苦しまぎれに撒いていったのだろう」

ファビオラの独断だろうと言う。

「おまえ……は？」

状況からすれば、ヴィルフリートのほうが多くかぶったはずだ。

「私は薬や毒に耐性がある」

そのように幼少時から育てられているとヴィルフリートがあたりまえのように言うのを聞いて、一見平和なグレーシュテルケの闇を見た気がした。

「シルヴィに解毒薬をつくらせた」

ヴィルフリートが、片腕で珪の身体を支えながら、浴槽の縁へ手を伸ばす。ベッドサイドに置かれていた水のデキャンタと同じようなものと、いかにも薬瓶といった形の小瓶があった。

「口に合わないだろうが、我慢して飲んでくれ」

手にした小瓶を、珪の口元に傾ける。

近づけられただけで、薬草のかなりきつい匂いがした。

「この状況は？」

小瓶を押しのけて尋ねる。

珪もヴィルフリートもともに一糸纏《まと》わぬ姿で、湯に浸かっている。体調が万全なら、実に健康的な半身浴だが、この体調では湯に浸かるのが果たしていいのか疑問だ。

「汗からでも、薬物や毒は抜ける」

珪が目を覚ますまで薬を飲ませられないために、その間の処置のつもりで入れたと言う。

「この湯は、城の地下に湧く聖水を溜《た》め、沸かしたものだ」

ただの湯ではないということらしい。浸かることにも意味があるのだろう。

納得したのなら、早く飲むようにとヴィルフリートが解毒薬の小瓶を珪の口元に運ぶ。珪は首を横に振った。

「シルヴィが言ってたろ」

荒い呼吸に喘《あえ》ぎながら言う珪に、ヴィルフリートが怪訝そうに眉根を寄せた。

「俺、クスリもられてんだぜ？」

チャンスじゃねぇかと、嘲る口調で言うと、ヴィルフリートはわかりやすく呆れた顔をした。

「シルヴィの話を聞いていたのなら――」

「関係ねぇよ！」

シルヴィの悪趣味な言い草なら気にする必要はないと、つづいただろう言葉を途中で遮る。

「さっさと玉座の間とやらを開けて、おまえが王様になんねぇと――」

グラリ……と、思考が回る。ヴィルフリートの肩に額を預ける恰好でどうにか身体を支えた。

「カイ……っ!?」

聖水による解毒の作用で、一時的に媚薬がより濃く全身に巡っているのだ。

「解毒薬を飲むんだ」

そんなものを飲んで媚薬を散らされてたまるか。こちとら一世一代の覚悟を決めようとしているのに。

ヴィルフリートが王位につかなければ、この世界はいろいろヤバイらしいということは充分にわかった。

自分がそのための鍵と呼ばれる存在で、自分を手に入れるためにロクでもないことを考える輩が出るほどには重要な位置づけであることも、ただの象徴としての存在ではなく、事実鍵としての役目を負っているらしいことも理解した。

結論。

ヴィルフリートが王位につく以外に、この世界に平穏はない。

珪に笑顔を向けてくれた城下町の人々の顔が曇るのは見たくない。平和そのもののグレーシュテルケに諍《いさか》いが起こるのも……しかもそれが自分のせいだなんて冗談ではない。

自分がヴィルフリートの鍵として役目を果たすためには、真実の契りを結ばなくてはならないという。

ようは、ヴィルフリートと寝ろ、ってことだろっ、と口中で毒づく。

己の性嗜好《しこう》はストレートだと信じて疑わず二十年以上生きてきたのだ。そう簡単に決まる覚悟ではない。だからこの際、媚薬の助けを借りればいいと思ったのに……そのほうが、いろいろ面倒な手順をすっ飛ばして、シルヴィの言葉ではないが、さっさとやることだけできるだろう、と……。

ヴィルフリートを抱けと言われても困るが、足を開けと言われて、はいそうですかとも言えない。知識としてどうするのか知っていても、実践した経験はないのだ。興味を持ったこともなかった。

学生時代、体育会系の弊害で、ゴツい先輩に抱かせろと言われても、アイドル顔負けに可愛い後輩――もちろん男だ――に、付き合ってくださいと告白されても、まったく気持ちを動かされることはなかった。

その自分が、もうわかったから、鍵としての役目を果たしてやると言っているのだ。ヴィルフリートを玉座につけるために、抱かれてやってもいいと言っているのだ。

解毒薬なんぞ、差し出してる場合か？

ここは媚薬のせいにして、押し倒す場面だろう！

「……っ、さっさと、抱け……よっ」

そして玉座の間を開けて、この世界の王位につけばいい。ヴィルフリートなら、間違いなく名君になる。町の人々の笑顔は守られる。

薬が抜けたら、自分は罵詈雑言《ばりぞうごん》を浴びせるだろうけれど、そんなものは聞き流せばいい。あの蛇男も言っていたではないか。玉座の間さえ開けば、あとは男の妃などかたちばかりでいいのだと。

この世界に連れてこられてすぐ、世継ぎは側室が産むから気にしなくていいと説明された。なんてロクでもない倫理観かと呆れたけれど、統治者には必要なことだ。

だから、媚薬が効いているうちに早く……っ、とヴィルフリートの肩に縋る。

自分が同性に抱いてくれと縋るなど、天変地異もいいところだ。それほどの覚悟で訴えたのに、ヴィルフリートはというと、「バカを言うな」と、珪の決意をあっさりと無に帰してくれた。

「命に関わるものでなくとも、毒は毒だ」

ズュードの魔道士が調合したものなど、どんな薬物が使われているかわかったものではない、と憤りすら浮かべてみせる。

「いいの……かよ、玉座……」

玉座を得るために、時空を超えて自分を連れにきたのではないのか。いまなら、ほだされてやると言っているのに。

「それとも、俺の身体見て萎えたか？　やっぱ男なんて——」

「そのほうがよかったか？」

そう言って、膝に抱いたカイの太腿に、硬いものを押し付けてくる。

珪自身も、目覚めたときからずっと欲情を訴えて、淫らに頭を擡げている。でなければ、この熱さを媚薬によるものだとすぐに気づくことはできなかった。

「やせ我慢してんじゃねぇかっ」

ガチガチにおっ勃てておいてよく言う、と揶揄する。ヴィルフリートは、不服げに眉根を寄せた。

「想う相手と裸で抱き合っていて無反応でいられるほど枯れてはいない」

「だったら……っ」

さっさと手ぇ出せ！　と怒鳴る。

「だからこそ、だ」

強い口調で返された。

「薬を飲め」

「据え膳も食えねぇへタレがっ」

怒りでもなんでもいい、ヴィルフリートの気持ちを動かせればと、口汚く挑発する。そんなものに煽られてくれる程度の男ならもっと扱いやすいのに。

「可愛げのない口だ」

忌々しく吐き捨てて、ヴィルフリートは自ら小瓶を呷《あお》った。

なんだ、毒に耐性があるとか言って、本当はヴィルフリートも媚薬の影響を受けていたのか。この反応は媚薬によるもので、本意ではないと？　そう言いたいのか？

だったら勝手にしろ！　と、胸を押し返そうとした手を取られた。首へと促される。

何を……？　と、問おうとした唇が塞がれ、強引に舌をねじ込まれた。

「……っ！　う……んんっ!?」

口中に、苦い味が広がる。ヴィルフリートが呷った小瓶のなかみ——媚薬の解毒薬だ。

飲み込むのを拒否しようと抗うと、大きな手に顎を捕まれ、口を閉じられなくされた。口移しで液体が喉の奥に注ぎ込まれる。

ひどく苦くて、なのに奇妙に甘い気がした。

喉が焼け付く感覚が襲ったあと、スーッと沸騰していた血が冷えはじめるような、汗が引いていくときのような、不思議な感覚が襲う。

口が達者なだけではない。シルヴィはたしかにあの女魔道士以上の力の持ち主だと、この身で理解する。

苦い味が喉を通りすぎても、ヴィルフリートの抱擁は緩まない。口中を傍若無人に蠢《うごめ》く図々しい舌も去らない。

目的は果たしたはずなのに、熱く執拗《しつよう》に珪の口腔を貪る。

「ふ……んんっ！　……んんっ」

媚薬の影響の残る肉体が、薬物によるものではない熱を湛えはじめる。

角度を変えて咬み合うように口づけ、互いの舌を啜《すす》り、本能のまま欲望に手を伸ばした。ヴィルフリートの大きな手が、珪自身を捕らえる。

「……っ！　く……っ」

反射的に溢《あふ》れた声は、あきらかに濡《ぬ》れていた。自分よりも大きな男の手だというのに、萎えるどころか、ますます滾《たぎ》ってくる。やられっぱなしは悔しくて、自らもヴィルフリート自身に手を伸ばした。

つい自身と比べてしまうのは男の性《さが》で、悔しいことに先の発言を撤回したい気持ちにさせられる。

珪が指を絡ませると、それは雄々しく脈打って、天を突く。自分以外のモノに触れた経験などないから、自分のやり方でやる以外にない。

指の腹で先端を抉ると、手の中のヴィルフリート自身はまたもドクリと脈打って、硬度を増した。

熱い吐息が、珪の耳朶をくすぐる。

対面に抱き合う恰好で、互いの欲望に指を絡め、刺激し合う。

ヴィルフリートの長い指が巻きついて、珪の敏感な場所を探り、暴き、容赦なく刺激する。

その間も、舌を吸い、歯列をなぞり、唇を啄《ついば》んで、濃密な口づけに興じた。

腰が密着するほど抱き寄せられ、ヴィルフリート自身をなぶる手を外される。最後までさせろと言葉にする代わりに、いま一度手を伸ばすと、今度はヴィルフリート自身と一緒に、己の欲望を握らされた。

「……っ、ん……っ、ぁ、あっ」

自身を握る手の上から、ヴィルフリートの大きな手に包み込まれ、固定されてしまう。自慰とは違う力加減で扱《しご》かれて、いつもと異なる快感が襲う。刺激する箇所もタイミングも違うそれが、自慰では得られない強い刺激となって、珪の肉体を喜悦に染めた。

自分のものとは違う熱とこすれ合う、言い知れぬ背徳感が、背筋を震わせる。男同士であることに対してのものではなく、未知の扉を開くことへの背徳だ。

「カイ……」

耳朶に熱っぽく呼ぶ声の甘さ。男の声に快楽を呼び起こされる日が来るなんて……と思う一方、声の主がヴィルフリートだからだと悔しいことに理解している自分がいる。

「ヴィル……も、でる……っ」

「ああ、イってくれ、俺の手で……」

いつもと違う一人称は、これが素のヴィルフリートなのだろうか。

そんな些細《ささい》なことに喜悦のスイッチを押されて、珪は掠れた声を上げ、ヴィルフリートの手に白濁を放つ。ほぼ同時にヴィルフリートも低く艶めく吐息とともに達して、ふたりの手を汚した。

肉体のつくりは同じなのだな……と、頭の片隅で考える。

「カイ」

甘い声にキスをねだられて、啄むそれに応じる。

媚薬はほぼ解毒されつつあるはずなのに、瞼が重く、身体は熱っぽい。ヴィルフリートの首に腕を回して崩れそうになる身体を支える。

「ヴィル……つづき…は、ベッド……で」

呂律も回りにくくなってきた。

この先が肝心なのに。

体力が限界を迎えたのだろう、珪の意識はこの直後ストンッと途切れた。解毒には、そうとうな体力を使う。

誘うだけ誘って無防備に晒された肉体を前に、ヴィルフリートは小さく嘆息して、汗に張り付く髪を掻き上げた。

＊＊＊

ぐっすり眠って、妙にスッキリと目覚めた。

暖かいのは、今度は湯に浸かっているからではなく、素肌と素肌で抱き合っているからだ。

背中から回された腕が珪の腰を抱き、首の下の硬い感触は腕枕。したことはあってもされたのははじめてだ。

たくましい胸筋が背中に触れている。自分だって結構鍛えていて、なかなかいい身体をしている自負があったのに、やはり実践をともなった騎士の身体は根本のつくりが違うようだ。

目が覚めたはいいが、この状況をどうしようか。

考えていたら、珪を包み込んでいた温《ぬく》もりの主がもぞり……と動いて、どうやら目覚めたらしい、背後でため息。

この状況でため息をつくとは、いい度胸だ。ため息をつきたいのはこちらのほうだ。

珪の肉体には、ダメージの痕跡がないのだから。つまりは、あれだけ誘ったのに、腕枕の主は、紳士なことにも、ただ抱きしめて眠っただけで、しかもいままさにベッドを出ていこうとしている。

「ずいぶんと腑抜《ふぬ》けなんだな、グレーシュテルケの王は」

ベッドを出ようとするヴィルフリートを、腕を摑んで引き止め、そのまま引き倒す。

「カイ？」

起きていたのかと、ヴィルフリートが碧眼を見開く。「身体は大丈夫か？」と、腹立たしいほどに常識的なことをのたまう。

「ああ、誰かさんのおかげでぐっすり眠れて、スッキリ全快だ」

昨日のキツさはどこへやら。体力はすっかり戻り、思考もすっきりしている。その上で、昨夜のことを己の意思でしたことだと自覚した。

「てことで、つづきするぞ」

押し倒したヴィルフリートの腰に乗り上げ、上から宣言する。

ヴィルフリートの眉間に深い渓谷が刻まれた。

「カイ？」

何を言い出したのか？　という顔。

昨夜あれだけ言ったのに、まだわからないのかこいつは。半ば呆れるものの、そういう自分の気持ちの変化も、唐突と言われれば、そう見えるのかもしれない。

けれど、珪の中ではちゃんと筋道がついている。

「どっかの朴念仁が据え膳目の前にして怖気《おじ》けづきやがるから、しょうがねぇから仕切り直しだ」

寝乱れた髪を掻き上げながら言う。

ヴィルフリートが眉間に刻んだ皺を深めた。

「意味がわかっているのか？」

昨夜の媚薬がまだ残っているわけではないだろう？　と、うかがうように言う。

「二度と、元の世界に戻れなくなるんだぞ」

両親の墓に二度と参れなくなるし、友人や仕事や、これまでの人生で培ってきたものすべてを捨てることになる。それはできないと言ったのは珪ではないかと問い返す。

「わかってる」

短く返す、その口調が奇妙に淡々と聞こえたのかもしれない。ヴィルフリートはますます納得しかねるという顔をした。

その冷静さに、だんだん腹が立ってくる。

「俺の言うことが信じられねぇのか？」

「俄《にわ》かには」

即答されて、今度は珪が眉根を寄せる番だ。

「むかつく」

この状況で即答するか？　と不服を滲ませると、ヴィルフリートは自身の腰に跨《また》がる珪の太腿に掌を這《は》わせてきた。

それをはたき落とす。

「誘っておきながらつれないな」

「乗ってこなかったのはてめぇだろっ、——うわ……っ！」

油断していたつもりはなかったが、不意打ちを食らった。

「……っ!?」

体勢を入れ替えられ、シーツに押さえ込まれて、目を見開く。

すぐ間近に、青の瞳。

心臓に悪いほど美しいその瞳の中心に、驚き顔の自分が映されている。

真意を問うように、見据えられる。

「くそっ」と吐き捨てて、珪は視線を逸らした。見つめ合うには、ヴィルフリートの瞳は美しすぎる。観念するしかなかった。

「しょうがねぇだろ、おまえ置いて帰れねぇって思っちまったんだから」

ボソリと呟いても、至近距離なら確実に相手の鼓膜に届く。

「カイ……」

ヴィルフリートの瞳が見開かれる。

驚きと、いくらかの歓喜を孕んで。

「義務感から言っているのではないのか」

この期に及んでもそんなことを言う。カッとして、食ってかかった。

「そっちこそ！　王子の責任感で口説いてるだけじゃ——」

本当は自分になど興味はないのだろう!?　だから昨夜も最後まで手を出してこなかったのではないか!?　と、詰《なじ》ろうと開いた唇は、半分も目的を果たさないうちに、あんぐりと固まった。

「愛している」

「……っ」

不意打ちの告白に、ひゅっと息を吸い込む。

呼吸を忘れて、ひたむきな色を湛える碧眼を見据える。

「忘れたことなどなかった。カイが消えた日からずっと探しつづけた。たとえカイが忘れても俺は——」

探して探して、ようやく見つけた。

そう語る瞳は、珪が夢の中で見た、少年の純粋な瞳と同じだ。覚えていないはずなのに、覚えている。

「忘れてねぇよ」

自分だって……と、言いかけて、カッと頬が熱くなった。

「カイ？」

毎晩見つづけた夢の話は、ややこしいから、あとでゆっくりすればいい。

「記憶が――」

戻ったのか？　と、喜色を滲ませる問いが皆まで紡がれる前に、遮っていた。

「もういいだろ！　早くしろよ！　俺の気が変わらないうちに……、……っ！」

両腕を、張り付けにするかのように、頭上に縫い付けられた。

鼻先が触れる距離で、青い瞳が恫喝《どうかつ》する。

「いやだと言っても、もうダメだからな」

低い声。

ギラつく眼差し。

そこには、珪が朴念仁と嘲った男の顔は存在しない。食われそうな欲情を滲ませた、獣の目だ。その手に世界を治める力を持つ、王の顔。

「……手加減しろ」

はじめてなんだからな、と照れ隠しに吐き捨てる。

見据える青い瞳がすがめられた。

「それは計算しているのか？」

「は？　……って、おいっ⁉」

いきなり太腿を抱えられて焦る。

女のようなやわらかさのない太腿だ。十代の頃に武道で鍛えた肉体の、どこにも抱き心地のいい場所などない。その太腿を、ヴィルフリートが満足げに撫でる。

「やさしくするつもりだが……」

「つもりってなんだっ」

食い気味に突っ込むも、口角を上げるニンマリとした男くさい笑みを落とされて、それ以上の罵倒はつづかなかった。

「文句なら、あとでいくらでも聞く」

「開き直りやがったな」

この野郎！　と罵って、抱えられた足を蹴り上げる。結構本気の蹴りだったのに、あっさり防がれて、その時点で覚悟は決まった。

「もういいから、さっさとしろ！」

ここでまた躊躇うのなら、だったらいますぐに元の世界に還してくれ。その脅しは、覿面《てきめん》に効いた。

「言質は取ったからな」

「男に二言はねぇよ」

オトコマエに返した珪だったが、いくらも経たないうちに、己の発言を後悔することになった。

紳士だと思っていたパートナーが、思いがけずキチクな一面を持っていた、というだけのことだ。


風俗のおねぇちゃんに後ろをいじってもらうのにはまってしまってヤバイと、酒の席で暴露話をしていたのは、学生時代のサークル仲間だったか。

マジか!?　と泥酔状態で爆笑する仲間の輪の中で、アルコールに耐性のある珪は、一緒に笑いながらも胸中では、突っ込む方がいいに決まっているではないかと、呆れを滲ませつつ、バカ話を聞いていた。

酒に強いがゆえに、どうせ最後は潰れた連中の面倒を見させられるのだと、冷めた気持ちで呑んでいたのも、バカ話に興じきれない理由の一端だった。

大学時代のロクでもない記憶を呼び起こしてしまったのには当然理由がある。

「……っ」

思わず口をついて出かかる濡れた吐息を、懸命に噛み殺して、珪は両腕で顔を隠し、暴かれる場所から湧き起こるありえない感覚に肌を震わせる。

こんな危うい快感だとは知らなかった。

ヴィルフリートの長い指に後孔を探られ、はじめこそ違和感と圧迫感に呻いたものの、シルヴィが調合したという、実に怪しいオイルの滑りのおかげなのか、あるいはヴィルフリートが慣れているのか——そのへんについては、あとできっちり締め上げてやる、と思っているが——感じる場所をあっさりと暴かれ、思わず溢れそうになった声を噛み殺す羽目に陥った。

それに気づかないヴィルフリートではない。

珪が快感を得ているとわかったら、内部を探る指の動きからいっさいの遠慮が消え、感じる場所を執拗に刺激し、その場所を緩ませていく。

「も……いい、から……っ」

さっさと先に進め！　と急かしても、ヴィルフリートは聞き入れない。

「まだダメだ、カイを傷つけたくない」

「なにげに自慢してんのか？」

「カイ、顔を見せて」

「……っ」

照れ隠しに毒づいても噛みついてもさらりと受け流され、感じ入る表情を見せろと、顔の上で組んだ腕に手をかけてくる。

珪が応じないと、奥を探る指を増やし、ぐいっと容赦なくその場所を押し上げた。

「う……ぁっ」

色気のかけらもない声だと思うのに、ヴィルフリートは愉《たの》しげに揶揄を落としてくる。

「もっと強く、ここを突いてほしいだろう？」

この野郎！　と思う一方で、濃い艶を孕んだ甘い声に煽られるのも事実。

「だから、さっさとし、って……」

言っているではないかと返すと、またも内部を抉られ、今度は「ひ……っ」と高い声がのけぞらせた喉から迸《ほとばし》った。

「あ……ぁっ」

ダメだ、出る……っ！　と、反射的に局部へ手を伸ばしていた。その結果、ヴィルフリートの視界に、感じ入る表情も、後ろをいじられて達する瞬間も、余すところなくすべて晒すことになってしまった。

「……っ、くそ……っ」

荒い呼吸に胸を上下させ、シーツに背中を沈ませる。

やられっぱなしは悔しくて、立てた膝でヴィルフリート自身を刺激すると、上から艶っぽい呻きが落ちて、かろうじて溜飲《りゅういん》が下がる。

「余裕だな」

「バカ言え。爽やかそうなふりしたキチク野郎のおかげで、もう限界だ」

「カイが……」

膝を摑まれ、ヴィルフリートが腰を進めてくる。

「色っぽく誘うのがいけない」

「……っ」

間にあてがわれたヴィルフリートの熱は火傷しそうなほどに熱く、やせ我慢しやがって！　と呆れるほどに猛々《たけだけ》しい。

未知の扉を開ける怖さ以上に、この男のすべてを暴きたい欲がまさる。そういう意味ではやはり珪も男だ。受け身ではいられない。受け入れる側であっても、征服欲はある。

「来いよ」

ヴィルフリートの首に腕を回し、引き寄せる。

ゆるり……と瞠られた碧眼が、次いで獣の欲を滲ませ、それにゾクリと背を震わせた次の瞬間、嚙みつくような口づけが襲った。

「……っ！　う……んんっ！」

情熱的なそれに意識を向けた隙をついて、ヴィルフリート自身が侵入をはじめる。

痛みや圧迫感に、珪の肉体が拒絶反応を見せるより早く、一気に突き込まれて、声にならない衝撃が襲う。

「――……っ！」

のしかかる広い背に縋って、爪を立てる。

「う……んんっ、あ……あぁっ！」

いい加減しつこいと、呆れるほどに指で慣らされたはずなのに、筆舌に尽くしがたい衝撃と圧迫感。

だがそれ以上に、熱い。

「カイ……カイ……っ」

熱っぽい声が、耳元で甘ったるく呼ぶ。

背に刻んだ傷の上にさらに容赦なく爪を食い込ませ、珪は呼び声に応えるかわりにキスを求めた。

情熱的に舌を絡ませるうち、つながった場所からじくじくと疼《うず》くような喜悦が生まれはじめる。

だが、はじめての珪は、それをこれまでの人生で知る雄としての快楽と結びつけられず、どうしていいかわからなくて、本能的に腰が逃げる。それを許さず、ヴィルフリートが強く腰を打ち付けてきた。

肌と肌のぶつかる、艶《なまめ》かしい高い音が響く。

「ひ……っ！　あ……ぁっ！」

深い場所を抉られて、襲いくる喜悦に身悶《みもだ》える。

早まる律動にガクガクと視界が揺れる。

その向こうに見るヴィルフリートの精悍《せいかん》な相貌が、雄の欲に染まり、欲情のすべてを自分に向けていることを教える。そんなことが珪の裡《うち》を満たし、何をされても、許していいと思わされた。

「いいのか？」

はじめてで、後ろを突かれて感じるのか？　と、耳朶を食《は》みながらいやらしい問い。こんな状態でなければ腹蹴りの一発もお見舞いしているところだが、いまは大目に見てやる。

掠れた熱っぽい声で、そっちこそ俺の身体はそんなにいいのか？　と揶揄ってやりたくなるような熱情に浮かされた眼差しに見据えられれば、そんな気にもなる。

「ああ……、いいよ、すごく」

計算尽くで、濃い艶を孕んだ声を耳朶に吹き込んでやった。直後、「煽るな」と反撃にあって、濡れた声を上げる羽目に陥る。

「う……ぁっ！」

さらく深く背に爪先を食い込ませる代わりに、キスを求めてきた唇に嚙みついてやった。口中に広がる鉄錆《さび》味が、背徳感を増幅させ、欲情を煽る。

ヴィルフリートが、血の滲む唇を舐める。

その仕草に、ますます煽られる。

「奥がうねっているぞ」

肉体の反応から心情を悟られて、珪は悔しまぎれに穿《うが》つ欲をきつく締め上げた。

「……っ、食いちぎる気か」

「お望みなら」

玉座の間が開いたら、もはや無用の長物だろう？　と揶揄う。

「それはダメだ。これからは毎夜、カイを抱きしめて眠るのだからな」

ずいぶんと直截《ちょくせつ》的な求愛だと思った。

だが、忽然と消えた珪を探しつづけたというヴィルフリートの長い時間を思えば、わずかな時間も惜しいと思う気持ちは想像に容易い。

「そいつは楽しみだ」

さすがに毎晩は……と頭を過った苦笑は胸にとどめて、挑発的な視線で返す。煽られたヴィルフリートが穿つ動きを強めて、珪は思考を白ませた。

「あ……ぁっ！　――……っ！」

最奥《さいおう》を穿たれ、襲いくる喜悦に嬌声《きょうせい》が迸る。濡れた声を惜しげもなく晒して、珪は白濁を飛び散らせ、同時にヴィルフリートの熱い飛沫《しぶき》を受け止めた。

「……っ」

耳朶をくすぐる艶っぽい呻き。

放埒の余音に肌が震える。

首筋に甘えるようにこすりつけられる高い鼻梁《びりょう》。

リュークにじゃれつかれているかのような気持ちで、心地好い気だるさに身体を投げ出していた珪だったが、つながった場所でヴィルフリート自身が力を取り戻すのを感じて、目を見開いた。

「おい？」

まだする気か？　と、肩のあたりにある黒髪を摑む。

「足りるわけないだろう？」

いったんつながりを解かれ、体勢を入れ替えられる。

たしかにはじめに上に乗ったのは自分だが、いまさらやれといわれても困る。

「ちょ……、待……っ、あ……ぁっ」

ヴィルフリートの腰を跨ぐ格好で、下から剛直をこすりつけられた。出したばかりのはずなのに、すっかり臨戦態勢のそれが、間を割り拓《ひら》く。

しょうがない。珪自身も、まだ足りないと頭を擡げているのだ。

「あ……ぁっ、深……いっ、……っ！」

先ほどと違い、今度はじわじわと拓かれ、埋め込まれて、つながった状態をよりリアルに感じる。

ヴィルフリートにそのかされるまでもなく、珪は欲望のままに腰を蠢かせた。どんな痴態が男を煽るのか、自分に置き換えて考えれば簡単なことだ。

ヴィルフリートの上で、己の肉体を見せつけるように振る舞う。ヴィルフリートの欲望に犯されて、肉欲に染まる肉体だ。

どうだ？　満足か？　と挑発的な視線を落とすと、お返しだというように、下から荒っぽく突き上げられた。

「――……っ！」

二度目は、じわじわと嬲《なぶ》るように頂へと追い上げられた。

ヴィルフリートの強い視線を感じながら達して、たくましい胸に倒れ込む悔しさを噛みしめるも、抱きしめる腕が抱えるものを思えば、自分ごときが口惜しく感じるようなものではないと思われた。

そのまま睡魔に囚われてしまいたかったのに、許されず、三度《みたび》挑まれて、まったく萎える様子を見せないヴィルフリートも、それに応えてしまう自分も、たいがい若いな……と思わされた。

暮れはじめた陽射しの中、朝目覚めたときと同じ体勢で、うつらうつらしながら、珪は認めた。

「夢を、見たんだ」

毎晩。

同じ世界の夢を。

幼馴染が登場する夢を。

夢の中で同じ時間を過ごし、とても大切な存在だとわかるのに、夢から目覚めると顔が判然としなくて、悔しい思いに駆られた。

なのに、わかった。

ヴィルフリートが、夢に登場する少年だと。夢の中で同じ時間を過ごした幼馴染だと。

でも、いきなりグレーシュテルケに連れてこられて、最初に「鍵」だと言われて、悔しかったから、認めなかった。

記憶はない。

それは嘘ではない。

でも、夜毎夢に見ていた。自分があるべき世界を。

「同じ夢を見ていた。俺たちは、夢でつながっていたんだ」

珪のうなじに鼻先を埋《うず》める格好で、ヴィルフリートが言う。

同じ？

ではあれは、珪が時空の狭間に呑み込まれなかったときに、過ごせた時間の姿だったのかもしれない。

ヴィルフリートとともに、過ごせた時間もあったのかもしれない。

もしも……の世界を語っても、時間は巻き戻らない。でも、夢の中でもうひとつの人生を生きていたのだと思えば、悔いる必要もない。

「カイ」

「ん？」

背後に首を巡らせたら、啄むキス。

甘ったるいそれに慣れなくて、珪は驚きに瞬く。

長い指が珪のクセのない髪を梳《す》くのが心地好い。

「あの……さ」

珪は、ずっと確認したくて、でも敢《あ》えて口にしなかったことを尋ねた。

「この世界には俺にも……俺の親、とか家族とか……」

いるのか?

元の世界で、珪は捨て子だった。施設の前に、置き去られた子どもだった。

だが、親に捨てられたのではなく、この世界から飛ばされたのだとしたら……珪が実親の顔を知らないのは、不可抗力ということになる。

「ゆっくりと、話をしよう」

ヴィルフリートの青い瞳が、温かい光を宿して細められる。

珪は、こみ上げるものをぐっとこらえて、ヴィルフリートの胸に額を預けた。

「よかった……」

深い心からの呟きが零れ落ちた。

ヴィルフリートの腕が、カイの頭を抱えるように抱き寄せる。旋毛《つむじ》にキスを落として、もう一方の大きな手がなだめるように背を撫でる。

きっと珪の記憶にはない幼い頃、こうして眠ったのだろう。ヴィルフリートと抱き合って、体温を分かち合って眠りに落ちた。

夢の中では、そうだった。

この夜。

この世界に来てから見なくなっていた夢のつづきを見た。

夢の中で、ヴィルフリートはヴィルフリートとして存在した。

夢と現実がつながった。

それは、珪が、カイとして、グレーシュテルケに帰還した証だったのかもしれない。

＊＊＊

玉座の間の扉は、珪の感覚で、三階建ての天井くらいの高さがあるだろうか。

巨大な扉だった。

複雑な意匠が施され、扉に物語のような彫刻が彫られている。それはグレーシュテルケの創世神話だと、シルヴィが教えてくれた。

王の正装に身を包んだヴィルフリートの隣、仰々しい純白の衣装を纏った珪が並ぶ。エーリクの騎士服をもっと派手にしたような、金糸銀糸で飾られた、重くてかなわない衣装だ。

周囲には、珪がこの世界に連れてこられたときに見た面々が並ぶ。グレーシュテルケの王侯貴族たちだ。

目の前の玉座の間の扉には、ちょうど目線の高さに当たるあたりに、鍵穴ではなく、手の形を模した浮彫がふたつ――両手ぶん並んでいる。

ヴィルフリートと並んでその前に立って、両手をそこに掲げた。

シルヴィが頷く。

珪の手が、扉に触れる。

だが、何も起こらない。

大丈夫なのか？　とシルヴィを見やると、背中から覆いかぶさる体温を感じた。ヴィルフリートだ。

珪の左の手の上に、自分の手を重ねる。右は、自分の手を下にして、珪に上から掌を重ねるように言った。

いったん扉から離した手を、ヴィルフリートの手の上にゆっくりと重ねる。

触れる間際、一瞬躊躇した。

だが、耳元に「カイ」と吐息で促されて、わかっていると頷く。

掌に、ヴィルフリートの体温を感じた瞬間だった。

目に痛いほどの光が、扉から四散したのは。

「……っ!?　なに……っ」

「手を離すな」

ヴィルフリートの声に、驚いて引こうとしていた手が止まる。

切れ目などなかったはずの扉の中央に、まっすぐ縦に光が漏《も》れる。

鈍い音が響いた。

ギギギ……ッと、重い音を立てて、玉座の間の扉が自動的に開く。

ドアを開ける憲兵の姿はそこにはない。珪とヴィルフリート以外、誰も扉に触れていない。だがもちろん、珪もヴィルフリートも、力を込めてはいない。

なのに、扉は勝手に向こうへ開く。

「……っ！」

眩しい光が徐々に収束して、扉の向こうがあらわになる。

まっすぐ奥へと伸びる赤い絨毯《じゅうたん》、かなり奥に、巨大な玉座が据えられている。それだけ。

だが、それだけで済まない状況であることを、珪はすぐに理解した。

――時空が歪んでる？

城の大きさと造りを考えても、玉座の間の奥行きは異常だ。天井の高さも、城の塔を超えているように見える。天井が高すぎる。

また違う世界に飛ばされてしまうのではないかと、恐怖が過る。

足を強張《こわば》らせた珪の手を、ヴィルフリートが握った。

「ヴィル……」

「ここに足を踏み入れられるのは、選ばれた者だけだ」

この空間に許されぬ者が踏み入れば、時空に呑まれ、消滅すると言われている。

握られた手を、指と指を絡めて、強く握り返す。

見つめる視線で誘うと、ヴィルフリートは口元に微苦笑を浮かべて、口づけを落としてくる。周囲を囲む面々が息を呑む気配。

「付き合ってやるよ」

何があっても一緒だと、不敵に微笑む。

肚を据えた珪の強い眼差しに満足げに口角を上げて、ヴィルフリートは腰の剣を引き抜いた。

「玉座よ、我が手へ！」

時空の歪みを超えて、一歩を踏み出す。

はるか彼方に据えられていたはずの巨大な玉座が、一瞬のうちに目の前にあった。

王妃の愛と誓約の玉座

濃度の濃い青を思わせる空色を見上げて、珪《かい》は大きく深呼吸をした。

この世界にも四季があり、天候の変化ももちろんあるのだが、圧倒的に晴天が多いのは、陽光が濃い酸素を生み出す深い森をはぐくむ必須のエネルギー源となっているからかもしれない。

珪が育った世界と違い、この世界では、世界の成り立ちや仕組みの科学的な解明が試みられていない。世界ははじめからいまのまま存在し、四つの王家が世界のすべてを担い、その上に人々の生活がある。

なぜ？　どうして？　と考えはじめるときりがない。

こういうものなのだと受け入れるよりない、と毎日朝起きるたびに思うのだが、城塞《じょうさい》からの眺めに目を細めるたびに、やっぱり考えるのだ。この地平線の果てはどうなっているのだろうか、と……。

「クゥン」

足元でリュークが鼻を鳴らす。足元とはいっても巨大な獣だから、伏せていても珪の腰のあたりまである。

「なおん！」

葉音に混じって鳴き声。声のする方に顔を向けると、城砦の向こうから駆けてきたナーガが、緑の木々の枝から枝へ跳躍して、珪の傍らに着地する。

住宅街の塀の上をかける野良猫に似て俊敏で、だが着地の勢いに任せて珪の足にじゃれついた巨大な猫は、猛獣並みの牙《きば》と爪《つめ》を持っている。

「散歩してたのか」

「なぁう」

犬と猫の気質の違いは、珪が育った世界と共通で、命令に忠実で常に珪に付き従うリュークの一方で、気まぐれなナーガはちょくちょく姿を消してはこうしてふらりと現れる。構えとしつこいときもあれば、こっちが構いたいときに限ってつれないこともある。

ナーガの気ままさを厭《いと》うように、リュークが鼻先でナーガの脇腹をつつくと、ナーガは不服げな声を上げて、今度はリュークにじゃれついた。

「うわっ、おまえら仲良くしろよー、でかいんだから、シャレになんね——」

犬猫がじゃれあっていても可愛《かわい》いばかりだが、この世界ではそうも言っていられない。リュークは狼犬《おおかみ》の数倍大きいし、ナーガはネコ科猛獣サイズなのだ。

二匹を引きはがそうとすると、今度は遊んでもらえると勘違いしたらしいナーガが珪に飛びついてくる。

「わ……っ」

ゴロゴロと喉《のど》を鳴らして、ザラザラの舌で珪の顔じゅうを舐《な》め、甘える。その傍らでリュークが、少々呆《あき》れた様子でお座りをした。

「ちょ……、ナーガ、やめ……っ」

くすぐったい！　と訴えると、見かねたリュークがナーガの首根っこを咥《くわ》えて引き離す。

「なぁう！」

リュークの鼻先をねらったナーガの一撃は、かすめただけで、軍配はリュークに上がった。ナーガの躯《からだ》を片前肢で押さえ込んで、諌《いさ》めるように唸《うな》る。ナーガは面白《おもしろ》くなさそうな顔で、ぷいっとそっぽを向いた。

「おまえら、仲悪そうで仲いいよなぁ」

拗《す》ねてしまったナーガを抱き寄せて、大きなぬいぐるみを抱っこする幼子に戻った気持ちで、リュークの腹に凭《もた》れる。リュークはおとなしくソファになって、緑の葉を茂らせる樹木の根元に躯を伏せた。

「長閑《のどか》だよなぁ」

少し前まで自分は、毎朝満員電車に揺られて通勤して、いくらかは面白いと思える仕事に一日を費やし、早く上がれた夜は同僚と飲みに行ったりする、どこにでもいるサラリーマンだった。その自分が、スーツともパソコンとも無縁の、こんなファンタジーな世界で、隠居老人のような長閑な生活を満喫しているだなんて。

王位についたヴィルフリートは、毎日執務に追われて多忙な様子だが、象徴としての存在意義しかない鍵《かぎ》である珪は、毎日こうしてモフモフたちと怠惰に時間を過ごしているだけだ。

ときどき公式の場に連れ出されることはあっても、それだけ。

ヴィルフリートが珪の鍵としての力を得て玉座の間を開いたことで、他の三王家は口を噤《つぐ》み、民衆は新たな王の誕生を歓喜をもって受け入れた。

鍵として選ばれたのが男の自分では落胆されるに違いないと懸念していた珪の予想を裏切って、民衆は王のパートナーを受け入れ、城に仕える者たちはもちろん、城下に降りても皆、珪によくしてくれる。

優遇されすぎている。

自分がしたことといえば、ヴィルフリートに鍵の力を与えるために……。

「……っ」

ぐうっと喉が鳴る。

後悔などしていない。自分の意思で選択したことだ。

けれど、まったく不本意でないかといえば、そういうわけでもないのが、男心の複雑さ。

「くそぅ」

ついつい、不服が口をつく。

抱き枕に甘んじていたナーガが顔を上げて、どうした？　とうかがうように鼻先を寄せた。

「なんでもないよ。ちょっと退屈なだけ」

腰を上げて、ひとしきり伸びをする。

「毎日こんなだらだらしてたら、身体《からだ》がなまっちまう」

この世界の食べ物が身体に合うのか、一つ一つが巨大な食品を口にしていても、体重が増える様子がないのが不思議だが、しかし筋力は衰えるだろう。

剣の稽古《けいこ》も、エーリクの時間がとれるときにたまにつけてもらっているが、こういうことは継続しなくては意味がない。

学生時代を思い出して、空手の稽古を再開させようか。相手がいなくても、型なら稽古のしようもある。

そんなことを考えながらリュークとナーガを伴って珪が足を向けたのは、犬舎だった。リュークの幼体たちが飼育されている小屋だ。

広い内庭を遊び場兼、警備の分担箇所として、今は常に十頭前後の幼体が育てられている。躾《しつけ》が終わった成体は、各地の警備部隊へ派遣され、治安維持の任務を担うのだという。

なぜリュークの幼体だけかといえば、先述のとおりネコ科のナーガは気まぐれで、部隊での運用が難しいためだ。ナーガのように、主《あるじ》と定めた存在には忠義を尽くすが、それを訓練で躾《しつ》けることはできない。

「わふ！」

珪の姿を見つけた一頭が、耳をピン！　と立て、反応するいなや、一目散に駆けてきた。他の幼体たちもそれにつづく。ちぎれんばかりに尾を振って、珪を取り囲んだ。

「元気だなぁ」

騒ぎに気づいた訓練士が追いかけてきて、珪に敬礼をしてみせる。だがすぐに慌てた様子で、幼体たちを落ち着かせようと懸命になった。

「も、申し訳ありません。いつもはもっと言うことを聞くのですが……、こら！　殿下の御前だぞ！　おとなしく――」

「いいよ。俺もうれしいし」

なぁ？　と呼びかけて、一頭に手を伸ばすと、一斉にとびかかられ、地面に引き倒されてしまった。

リュークは同族のチビたちの様子を黙って見守っているが、ナーガは敷地を囲む城砦の上に飛び移って、呆れ気味に見下ろしている。

まだまだ幼さの残るモフモフたちとのふれあいを堪能《たんのう》して、訓練士に「俺にもさせてよ」と訓練の見学をせがんだ。

訓練士は緊張した面持ちで、しかし珪の希望には逆らえないのか、幼体たちの躾訓練のやり方を珪にも教えてくれる。それに従って、幼体たちを整列させ、「伏せ」と「待て」のコマンド。

珪の知る大型犬サイズの幼体たちが、自分の一声でおとなしくなり、ズラリ……と列をなす様子は圧巻だ。

「うわー、賢いなー、おまえら」

一番近くの一頭の頭をわしゃわしゃと撫《な》でると、ほかの幼体たちがコマンドも忘れて自分も自分もと寄ってくる。

「あぁ、もう、褒めたばっかなのに……」

そう嘆きたいのは自分のほうだと額を抑える訓練士を横目に、珪はチビとはいっても大型犬サイズのモフモフたちをめいっぱい撫でた。

「ここで働かせてもらおうかなぁ、俺」

モフモフたちと一日過ごせるのなら、泥まみれになって過ごすのも悪くないと思える。――が、不穏な呟《つぶや》きを聞いて青くなる訓練士の様子を見る限り、珪の希望がかなえられることはなさそうだ。

鍵というのも、退屈なお役目ではある。

いかに敬愛を集めても、象徴としてただそこにあればいいというのは、どうにも珪の気質に合わない。

塀の上のナーガがピクリと耳を反応させる。

控えていたリュークが、むっくりと軀を起こした。

「ここにいたのか」

珪の護衛を言いつかっている二匹が、珪以外に反応するのは、警戒すべき存在が近づいてきたときか、そうでなければ数少ない、この二匹が言うことを聞く存在が近くにあるときだけだ。

ここは王宮。

前者の可能性が低いとなれば、後者しかないわけで、それが誰なのかなんて限られている。

「へ、陛下！」

訓練士が緊張の面持ちで敬礼する。

王位に就いて間もないものの、ヴィルフリートは珪が思ったとおりの善王ぶりを発揮して、ノルドの民はもちろん、グレーシュテルケの人々から慕われる王となっていた。

以前から考えていたという改革を次々と行い、他の三王家の領民にも分け隔てなくその益があるとなれば、支持を集めないわけがない。今やグレーシュテルケのすべての民が、この若き王の信望者だった。

「暇すぎて死にそう」

周囲にリュークの幼体たちを侍《はべ》らせて地面に胡坐《あぐら》をかく。

幼くとも従うべき相手を見誤ることはないのだろう、幼体たちは一歩控えて伏せの体勢だ。ヴィルフリートはコマンドなど与えていないというのに。

「好きにすごせばいい。剣の鍛錬をしても、街を散策しても――」

「剣の稽古は日に何時間も無理だし、街に降りれば見られるし」

結局こいつらと遊んでいるよりほかないのだと文句を連ねる。

「なら、シルヴィに魔導を習うか？」

「……冗談……」

ヒクリ……と口元を戦慄《わなな》かせる。

あの陰険魔導士に教えを請うなど冗談でも無理だ……と、考えた瞬間には、しまった……と思っていた。

「ほお？　鍵のためであれば手の内をすべて晒《さら》してもよいと考えていたのだが、その必要はなさそうだ」

背後から絶対零度の声がして、珪はギクリ……と肩を揺らす。

「悪趣味」

ひとの心の声を読むなんて……と、ボソリと毒づく。

「おっしゃりたいことは大きな声でどうぞ」

聞こえているだろうに言われて、珪は「べつになにも」と、棒読みで返す。

そのやりとりに水を差すように、「クク……っ」と笑いが零《こぼ》れた。ヴィルフリートではない。シルヴィの護衛のためについてきたのだろう、エーリクのものだ。

「仲のよろしいことで」

どう受け取ったらそう聞こえるのか。この飄々《ひょうひょう》としたところのある騎士は、ちょっと感性がずれているように思えてならない。

「このやり取りのどこが？」

珪が苛立《いらだ》たし気に言葉を向けても、ヴィルフリートの傍らで愉快そうな笑みを向けるのみ。

「そんなに退屈をしておいでなら、明日から鍛錬の時間を倍に増やしましょうか」と提案されて、それはさすがに……と辞退する。

これまで使ってこなかった筋肉を酷使する剣技の鍛錬はなかなか過酷で、剣技のまえに基礎体力の充実のほうが重要そうだ。

「それより、こいつらの小屋の掃除とか、飯の支度とかのほうがいいな。そういう雑用なら、いくらでもあるだろ？」

その言葉に、誰より慌てたのは敬礼の姿勢を崩せないでいる訓練士だったが、申し訳ないと思いつつも、珪はあえて見ないふりをした。彼にしてみれば、鍵である珪に気を遣いながら幼体たちの世話をし、訓練をするのは面倒《めんどう》極まりないことに違いない。

「鍵にそのような仕事をさせられるものか」

それは鍵の仕事ではないとシルヴィが吐き捨てるように言う。その口調が、珪は気に食わなかった。

「あー、そういうの、俺のいた世界では差別って言うんだぜ」

シルヴィの眉間に深い皺《しわ》が刻まれる。実年齢が幾つかは知らないが、少年の姿でそんな表情をされると、妙に迫力がある。

「差別などではない。そなたにはそなたの役目があると申しておるだけだ」

まったく理解力のない……と、呆れの滲《にじ》む声で言われて、珪は口を尖《とが》らせた。

「役目って……もう玉座の間は開いたし、ヴィルは王様になったし、お役御免だろ？」

玉座の間が開いた時点で、鍵の役目は終わったのではないかと返す。

「たわけめ」

即答されて、

「なんだって？」

今度は珪が眉間に深い渓谷を刻む番だった。

「王族には象徴としての役目があると、再三申しておる」

「だから、それって……」

——後継ぎが産める側室にさせればいいだろ……。

喉の奥に絡まったつづく言葉を呑《の》み込んで、珪はすぐ近くにいた幼体の一頭を抱き寄せ、モフモフの毛並みに口元を埋《うず》める。

「クゥン」

愛らしく鼻を鳴らして、ふさふさの尾を振る幼体の愛らしさが、ともすれば殺伐とする心を癒《いや》してくれる。ついついリュークやナーガと過ごす時間を持ってしまうのは、今現在、珪の心情が、当人が一番認めたくないところではあるが、不安定極まりないせいだ。

実のところ、剣技の鍛錬にも身が入っていない。その自覚があるからこそ、エーリクの提案にも頷《うなず》けなかった。本来なら、身体を動かすのは大好きなはずなのに……。

「そなたが女であれば、子作りに励めと言うところだがな」

「……っ」

「その必要はないと、当初に申した」

「だから……っ」

——さっさとヴィルフリートに側室の十人でも二十人でも、あてがえばいいだろ？　と、またも言えない言葉を胸中で転がす。

シルヴィがその気なら、聞こえてしまっているだろう。

その証拠に、温度を感じさせない銀眼が、ますます冷えた色味を見せる。呆れているのだ。その程度のことは、わかるようになっていた。

「陛下、お話がございます」

不機嫌丸出しのシルヴィの口調に、ヴィルフリートはやれやれ……といった様子で肩を竦《すく》め、「執務室で聞こう」と、シルヴィを伴って踵《きびす》を返す。

「ティータイムの準備が整っている。皆が待っているぞ」

わざわざそれを伝えるために、王自ら珪を探して城砦の一角にまで足を運んできたというのか。酔狂なことだ……と、長嘆を零すポーズの裏で、拭えない歓喜に胸を湧《わ》き立たせている自分を、ほかでもない自分自身が一番受け入れがたい。

——……くそっ。

モフモフの毛で口元を隠して、小さく毒づく。

「ひとりでお茶しろって？」

マントを翻す王の背に文句を投げると、足を止めたヴィルフリートが戻ってきて、抵抗の間を与えない手管で珪の頤《おとがい》をとった。

唇の端で、ちゅっと甘い音が立つ。

頤を取り上げた指先が、まるでゴロゴロと喉を鳴らすナーガをあやしているときの仕種《しぐさ》に思えて、ペシリと叩き落とした。

やったあとで、臣下の目のある場所だった……と焦っても遅い。決してヴィルフリートに恥をかかせたいわけではなかった。ただ、咄嗟《とっさ》のことに反応できないだけで……。

「我が妃殿は恥ずかしがり屋だな」

そんなところも愛らしい、とヴィルフリートが間近にニヤリと笑う。その笑みは珪にだけ向けられたもので、たぶんに揶揄《やゆ》の意図が込められていた。

カッと頭に血が昇る。

「リューク！　ナーガ！　お茶の時間だ！」

二匹を伴って、腰を上げる。もっと遊んで……と寄ってくる幼体たちには、「また明日な」と言い聞かせ、ヴィルフリートたちを置いて、犬舎を出た。

「単純なのか、気難しいのか」

シルヴィの呟きを鼓膜が拾ったが、今振り返るのは癪《しゃく》で、そのまま大股《おおまた》に立ち去る。

珪が何にイライラしているのか、ヴィルフリートにはばれている。追いかけてこないのがその証拠だ。

——くそっ。

この世界に来てから、いったい何度毒づいたことか。

ため息の数だけ幸せは逃げていくなんて、言った人間が昔にいたらしいが、毒づくたびにいったい何が逃げていくのだろう。心の平穏だろうか。

それでも、しょうがないと思うのだ。

なぜなら——。

「俺だって、好きで逃げてるわけじゃねぇっての！」

あの祝福の夜以来、珪は毎夜、逃げつづけているのだ。ふたりのために用意された豪奢《ごうしゃ》なベッドにヴィルフリートを残して、リュークとナーガを牙城《がじょう》に、あれこれ理由をつけては、そういう雰囲気になるのを避けつづけている。

一夜二夜なら、身体がツライと言い訳もたったが、それが長くつづけば、嘘《うそ》は見抜かれ、逃げているのだとバレる。

それでも、ヴィルフリートは何も言わない。

何も言われないから、今度は素直になる機会を見失って、さらには余計なことまでぐるぐると考えるようになってしまって、今に至る。

なにより受け入れがたいのは、そんな女々しい自分だ。

過去を振り返っても、こんなにままならない恋愛など経験がない。恋はもっと、珪にとって手軽なものだった。こんなに心を悩ませるようなものではなかった。

恋愛感情だと、認めてしまっている、自分の感情にすら折り合いをつけられなくて逃げている。情けなさの極みだと、思えば思うほど、意固地になって、もはや二進《にっち》も三進《さっち》もいかない状況に陥っていた。

リュークとナーガを伴って背を向けた珪の姿が見えなくなったところで、傍らから「どうなっているのか」と問う苦言。

「陛下のものになったのではなかったのか」

ウンザリぎみに言うシルヴィを、エーリクが「まぁまぁ」と宥《なだ》める。

「そのつもりだったんだが」

苦笑気味に返すヴィルフリートの声音が愉快そうで、シルヴィはますます呆れた表情で長嘆した。

エーリクは苦笑するしかない。

「意地を張っているのを可愛いと思う気持ちはわからなくもありませんが、あまり放置するとこじれますよ」

年長者の忠言には、素直に「わかっている」と返す。エーリクの言葉に、シルヴィが実に面白くなさそうに眉根を寄せた。

この二人の関係も複雑と言えば複雑だ。自分が口を出すことではないと思うからヴィルフリートも何も言わないし、敢《あ》えて藪《やぶ》をつつくこともないと思うから問わないが、落ち着いたのはここ数年のことのように思う。

「あの様子では、婚礼披露パーティーの件など持ち出そうものなら、それこそ『帰る』と喚《わめ》きかねんな」

そもそもこの世界の生まれのはずなのに……と言うシルヴィを、「飛ばされた先の世界でなんの疑いも持たず生きてきたのだ、しょうがあるまい」とエーリクがとりなす。

「だが、当人もわかっているはずだ。己の源がこの世界であることは」

それこそが鍵の能力だとシルヴィが言う。

シルヴィ自身、王家を導く魔導士として、特別な生を受けた存在だ。だからこそ、ヴィルフリート以上に、この世界の均衡や王家の存続に対しての思い入れが強い。

「リュークとナーガに隣を譲るのも、今宵《こよい》限りにしたいところだが……」

どうかな、と天を仰ぐ。

あんなに情熱的に抱き合い、生まれ落ちた瞬間から運命の相手と定められた者同士、手に手を取って、この世界の新たな扉を開いたというのに。

重要な役目を終え、玉座を得て、ようやくひとつ大きな壁を越えたと思ったところで、素直になったとばかり思っていた相手に伸ばした手を振り払われ、ベッドへの誘いを蹴《け》られたうえ、寝室から逃げられたとあっては、もはや唖然《あぜん》とするよりほかない。

逃げた先が自分以外の誰かのもとだというのであれば、力づくでも取り戻し、泣いていやがっても許さないところだが、逃げた珪が一晩中抱きしめていたのがナーガで、寄り添っていたのがリュークとあっては、怒りようもないではないか。

「ただの痴話喧嘩《げんか》ではないか、ばかばかしい」

シルヴィが吐き捨てる。

珪の鍵としての力を認めているからこそ、シルヴィの口は悪くなる。認めた相手にこそきつくあたるところが、彼にはあった。

それに気づけない者にはただひたすらに怯《おび》えられているが、エーリクのようにシルヴィの本心を容《た》易《やす》く汲《く》み取ってしまう者には、シルヴィがどれほど眉を吊《つ》り上げ声を荒げようとも、可愛らしいばかりだという。そんなエーリクにしかシルヴィの傍《そば》仕えは務まらない。

「痴話喧嘩だと、認めてくれればまだいいのだが……」

それ以前の状況だろうと、ヴィルフリートが笑うのを、「その余裕は、ご本人のまえでどうぞ」とエーリクが諫めた。

騎士としても人生の先輩としても敬愛する臣下の忠言には耳を傾けることにする。

「わかってるんだが……」

ひとつ息をついて、逃げた珪を追うことにする。「まだお話が」と言い募るシルヴィを、エーリクが止めた。

「初恋は想《おも》いが純粋なぶん厄介だ」

余計なことを言ってくれる……と思ったが、聞こえなかったことにした。

「何をわかったふうなことを……！」と声を荒らげるシルヴィに、「覚えがあるからな」と楽しそうにエーリクが返す、ふたりのやりとりが聞こえてきて、こちらこそ「勝手にやっていてくれ」という気分になってしまったのだ。

珪は待っているはずだ。お茶が冷めるのを気にしながら、ヴィルフリートが追いかけてくるのを。

その珪のふくれっ面を、ナーガは心配げに、リュークは呆れ気味に、見守っているはずだ。忠義な獣は、主の心情に忠実に寄り添う。

強引にするのは簡単だが、まだ心のどこかで飛ばされた先の世界――珪曰《いわ》く元いた世界への想いを捨てきれないでいる彼にふんぎりをつけさせるには、それではダメなのだ。

とはいえ、新婚のつもりでいた身としては、これ以上放置されるのは勘弁願いたい。

お茶の準備を整えてくれた給仕の者たちには申し訳ないが、ひとりでお茶を飲んでも美味《おい》しくもなんともなくて、珪はリュークを枕に、木陰でふて寝を決め込んだ。傍らには、ナーガが丸くなっている。こういう姿は、大きくても猫だ。

そこへ、下草を踏む音。

傍らに人が腰を下ろすのがわかっても、珪は寝たふりを解かない。誰かなんて、気配でわかっている。リュークとナーガが警戒しない相手なんて限られているのだから。

大きな手が、サラリと珪の髪を梳《す》く。その手をパシリと叩いて、珪はなおも寝たふり。手を動かしている時点でふりもなにもないのだが、そうする以外に反応できないでいた。

クスリ……と、傍らで笑みが零れる。

「笑うな」

むつりと返すと、なおも肩を揺らして笑いをこらえる気配が伝わってくる。膝で軽く蹴るふりをすると、「足癖が悪いな」と、クスクス笑いが大きくなった。蹴った足首を掴《つか》まれ、払おうとすると引かれる。

「おい……っ」

放せよ……と、今一度蹴ろうとすると、その反動を利用して身体を反転させられた。

「なに、す……、……っ！」

言いかけた声が途中で止まる。

すぐ間近に宝石のような碧眼《へきがん》を見て、珪はぎょっと目を見開いた。

「機嫌はなおったか？」

甘い声が間近に降って、珪はむうっと眉根を寄せた。

ナーガを抱く腕に、ついうっかりぎゅうっと力を込めてしまって、「うなぁ」と文句の声が上がる。

それに気を取られた。

「ごめ……っ、……!?」

ほんの一瞬意識が逸《そ》れた隙を突いて、ヴィルフリートの唇が珪のそれを塞《ふさ》いだのだ。

「な……、う……んんっ！」

間に挟まれたナーガが巻き込んでくれるなとばかりに腕から逃げようとするのを、どうにか引き留めようとするもののかなわず、阻むものを失う。ナーガとは逆に背後のリュークは微動だにせず、こちらはこちらで珪に逃げ場を与えてくれない。

自分に忠義に見せかけて、実際はヴィルフリートの忠臣なのだから可愛くない。……可愛いけど、可愛くない。

「や……め……っ」

のしかかる肩を押しかえそうにも、体勢が悪い。無遠慮に口腔《こうこう》内に侵入してくる熱い舌を噛《か》んでやろうかと一瞬よぎったが、実行に移すことはかなわず、結局は受け入れてしまった。それでもだくだくと受け入れるのは癪で、口づけの隙間に文句を言い募るものの、それすらも喉の奥へと追いやられる。

「ん……見られて……」

「誰に？」

側近や女官たちの姿はないが、警護の騎士たちはすぐに駆けつけられる場所に控えているはずだし、何より——。

「こいつら……」

リュークとナーガがいるではないかと言い募るも、「彼らはそれほど野暮ではない」と、いなされて終わる。

事実、リュークは顔を伏せたまま動かないし、珪の腕から逃れたナーガは、こちらに背を向ける恰《かっ》好《こう》ですぐ傍で丸くなっている。耳を立てて。たしかに見られてはいないが、この近さでは同じことではないか。

力強い腕が腰を抱いて、身体が密着する。ゴテゴテしい騎士服を身にまとっていても、布越しに感じる肉体の逞《たくま》しさに、悔しさを感じる以上に焦りを覚えて、珪は胸中で舌打ちした。

「ヴィル……、ん……っ、お茶が……っ」

せっかく用意してもらったのに。

珪がヴィルフリートを待っている間にすでに冷めてしまったお茶を淹《い》れなおしてくれているだろうに、これ以上待たせるのは申し訳ない。ヴィルフリートは気にしなくても、珪は気になる。

「ああ、待っていてくれたのだろう？」

「べつに、待ってなんか……っ」

唇が触れる距離で言葉を交わす。啄《ついば》むキスに濡《ぬ》れた唇を擽《くすぐ》られたかと思えば、すぐに深く咬《か》み合わされて、また息が乱れる。

ただ強引なだけなら、突き飛ばしてやるのに、背に回される腕も、頬《ほお》を包み込む掌《てのひら》も、あたたかいから困る。

甘ったるいリップ音を立てて、唇が離れる。間近に見つめる碧眼の中心にとろりと惚《ほう》けた顔の自分が映っていて、カッと頬に血が昇る。慌てて身体を離そうにも、抱きしめる腕は解かれなくて、珪は半ば諦《あきら》めの気持ちでリュークの腹に背を沈ませた。

もふもふの毛皮に顔を隠すように頬を埋める。リュークは片目を開けたものの、すぐにまた寝に入ってしまう。

背けた頬に、瞼《まぶた》に、淡いキスが落とされて、珪はいたたまれない気持ちで身を捩《よじ》った。

「もういいだろ」

離れろ、と肩を押す。

苦笑とともに、ダメ押しにこめかみあたりでひときわ高いリップ音がして、のしかかっていた身体が離れた。

二の腕を摑まれ、リュークの腹に埋もれていた身体を引き上げられる。勢いあまってヴィルフリートにぶつかるように抱き込まれてしまった。

決して小柄ではない自分を包み込む肉体に、一瞬うっとりしかけて、ハッとする。包み込む胸を押し返して、珪はリュークとナーガを呼んだ。

木陰にセッティングされたテーブルにつこうとする珪に、軀を起こした二匹が従う。自分で椅子《いす》を引こうとすると、追いかけてきたヴィルフリートがそれを制した。

「おやつの時間だ」

自分は女じゃないのだからエスコートしてもらう必要はない、と当初は抗《あらが》ったのだが、この世界では珪の常識が通じないのだからどうしようもない。愛する者に尽くすのはあたりまえのことだと返されて、絶句するよりなかった。

足元に、リュークとナーガが軀を伏せる。

向かいの席にヴィルフリートが腰を下ろして、控えていた給仕たちが、ようやく出番だとばかりに働きはじめる。

珪の知るものとは違うお茶の味も、大振りな甘いお菓子の味にも、いいかげん慣れたが、テーブルの向こうから注がれる視線には慣れない。

大きな口で給仕されるものを頬張る珪の様子に、給仕の女官や侍従たちはもちろんのこと、それ以上に向かいの席でティーカップを傾ける男の眼差《まなざ》しが満足げだ。珪ひとりが尻《しり》の据わりの悪い気持ちで、ただ目の前の皿に盛られたものをガツガツと頬張るしかない。

一口サイズにちぎった焼き菓子を、リュークとナーガにもわけてやる。この世界では獣が人と同じものを食べることに禁忌はないようで、テーブルの上のものに手を出すようなことは決してないが、肉食獣であるはずのリュークもナーガも差し出されたものは喜んで食べる。

たぶん、この世界の食が、ごくごく自然なものだからだろう。無用な加工がされていないから、人も獣も同じものを口にできるのだ。

「うまいか？」

「クゥン」

リュークが大きな軀を起こしてふさふさの尾を振る、ナーガは、珪の足にすり寄った。

「甘いものはあまり与えるな」

不意に背後で声がして、珪はムッと眉根を寄せる。

シルヴィに吠《ほ》え掛かるように、二匹を躾直せないものか、とまで考えてしまう。

「陛下」

エーリクに促されて、ヴィルフリートが腰を上げる。まだいくらもお茶の時間を過ごしていないのに、時間切れになってしまったようだ。

「すまない。ディナーまでには終わらせる」

「王様って、意外と忙しいんだな」

玉座に踏ん反り返っているだけかと思っていた、とつい意地悪い言葉が口を突いた。口に出した直後には後悔するのだけれど、一度張った意地は、無駄にかたくなになるばかりだ。

「私もできればそうしていたいのだがな」

苦笑とともに伸ばされる手。

背けていた顔に背後から大きな手がまわされて、頤を取られる。後ろから覆い被《かぶ》さるような恰好で口づけられて、ぎょっと目を見開く。

ちゅっと甘ったるいリップ音を残して、すでに馴染《なじ》んでしまった体温が去る。去り際にスルリ……と首元を撫でた手の感触があの夜を呼び起こして、カッと頰に血が昇った。

反射的に背後を振り返ったものの、立ち去る背にかける言葉が見つからなくて、ぐっと唇を嚙む。

かわりに、珪の斜向《はす》かいに腰を下ろしたのはシルヴィだった。緩衝材になってくれるはずのエーリクは、ヴィルフリートの警護のためについていってしまう。

羞恥《しゅうち》だけではない、微妙な緊張感を孕《はら》んだ空気は、実に居心地が悪い。

こいつとふたり残されても……と、茶を啜《すす》り、足元のナーガの耳をもてあそぶ。

「茶の相手が私に変わったからと言って不貞腐《ふてくさ》れるでない」

ウダウダとごねていた自分が悪いのではないかと言われて、珪はムッと口を引き結んだ。

別にヴィルフリートともっと一緒にいたかったとか、話し足りないとか、邪魔されたくなかったとか、思っているわけではない。シルヴィの小言の内容に想像がつくのが嫌なのだ。

「玉座の間を開けておきながら……、あやつは下手だったたか？」

ぶは……っ！　と、まるで漫画の大袈裟な表現のように口にしていたお茶を吹き出しかけて、どうにかこうにか堪えた。――が、かわりに気管支に入ってしまって噎《む》せる。

「……っ、げほっ、ごほっ」

涼しい表情のシルヴィの横顔を、何を言い出したのかと睨《にら》む。

「なに……を……っ」

あけすけな言い草に焦るも、「それ以外に、陛下との接触を避ける理由がみあたらん」などと、飄々と言われて、羞恥に頬が熱くなった。

「あのな」

どうして夜の事情にまで踏み込まれなくてはならないのか。

「違うのか？」

では何が気に入らないのだ？　と訊《き》かれて、こいつには情緒というものがないのかと、憤る以上に呆れた。

ガキにはわからないことだと、喉元まで出かかって、グッと呑み込む。ついつい視覚情報に影響されてしまうが、シルヴィは見た目通りの年齢ではないのだった。幾つと聞いてはいないが、話ぶりから察するに、たぶんエーリクと変わらない。

こんなナリで、人生の酸いも甘いも嚙み分けたかのような態度をとられても、いちいち反応に困る。

たしかに、ヴィルフリートのあまりの紳士ぶりに呆れて自分から煽《あお》ったのは事実だが、それとこれとは話が別だ。

あれは、玉座をヴィルフリート以外に渡してはいけないと思ったから協力したのであって、それ以上のことは……。

「しかたなく協力しただけ」

「……っ」

「という体裁でいたいわけか。男心は複雑だな」

無駄に優雅にティーカップを口に運びながら言われて、「余計なお世話だ！」とブチ切れる。

複雑で悪かったな。こっちは、いきなり奇妙な世界に飛ばされて、でも事実ここが自分の生まれた世界だと体感できてしまって、しかも男に求婚されて、うっかり受け入れてしまって、今に至る。当初は勢いでどうにかなっても、途中でうっかり冷静になってしまったら、いたたまれなくてもしょうがないではないか。

「いまさら元の世界に返せとは言うまい？」

「帰りたいって言ったら、返してくれるのかよ？」

「聞けんな」

だったらはじめから言うなよ。

「そなたとて、いまさら返してやると言われても困るであろう？」

「……っ」

違うのか？　と問う視線を向けられて、「くそっ」と口中で毒づいた。

「……とうに腹を括《くく》ったさ」

自分はそれほど女々しい男じゃないと返す。

「ならば何が気に入らない？」

「何が、って……」

言い淀《よど》んで、口を噤む。

とても話す気にはなれなくて、珪は腰を上げた。リュークとナーガは、言わずとも珪についてくる。

「側室の話なら、陛下はお断りになられたぞ」

「……っ！」

うっかり振り返ってしまって、シルヴィのしてやったりと意地悪い笑みを目にして舌打つ。

「そなた以外は愛せんと言いおった。不甲斐《ふがい》ない」

愉快そうに吐き捨てる、シルヴィの揶揄を、これ以上聞いていられなかった。

「リューク、ナーガ！」

行くぞ！　と二匹をともなって、大股に中庭を横切る。

「珪様!?　どちらへ――」

供の者を連れてくださいと言い募る侍従を振り切って、珪は持ち前の運動神経で中庭を囲む城塞を飛び越える。

最初に街に連れ出されたとき、ヴィルフリートに教えられたショートカットルートを使って王宮を抜け出した。

街に出れば、誰もが珪に気づいて、道を開けてくれる。出店の主人が、花売りが、声をかけてくれる。

それぞれに軽く手を上げることで応《こた》えて、でも足は止めず、足早に街を横切った。メインストリートを抜けた先の広場は、この世界に飛ばされてすぐのころに、ヴィルフリートと来た。

その広場を抜けると、高台になった城下町の端に出る。そこからの眺めは、筆舌に尽くしがたい。

グレーシュテルケの……この世界の終焉が見えるのだ。

地平線に浮かぶ分厚い雲海。

ぐるりと三百六十度、視線を巡らせても、世界の端は同じ。分厚い雲に覆われて、その先は見えない。

グレーシュテルケの人々は、それを不思議に思わない。

珪が育った世界では、宇宙の果てにまで思いを巡らせる研究者がいて、地面を掘り起こして何千年何万年の過去を探ろうとする学者がいた。

でもグレーシュテルケには、そういう価値観がない。

空の上はどうなっているだろうかとか、あの分厚い雲海の向こうはどうなっているのだろうとか、誰に尋ねても答えは得られない。

不思議に思うのは、珪の勝手だ。価値観の違い、という言葉の意味は当然理解していたつもりだったが、真実その言葉の意味を理解したのは、この世界に飛ばされてからのこと。真の意味での価値観のズレとは、世界の成り立ちそのものの違いから生まれるのだ。

太陽系第三惑星地球の日本という国で生きる人間と、宇宙観そのものが存在しないグレーシュテルケに生きる人々が、同じものの見方をしているわけがない。

グレーシュテルケがどういう世界なのか、珪にはいまひとつ理解できていない。だが、美しい世界だということだけは、疑いようのない事実だ。

雲海が、茜色に染まりはじめる。地平線の向こう、世界の終焉がどうなっているのか、明かされていないのに、夕暮れは訪れる。

茜色《あかねいろ》が徐々に紫みを帯び、それがやがて藍色《あいいろ》の夜空へと移り変わる。

「綺麗《きれい》だな……」

地の果てまで行かなければ見られないはずの絶景が、人々の暮らしのすぐ近くに広がっているのだ。

グレーシュテルケにおいて、自然への、世界への、畏怖《いふ》と畏敬の念が、ごくあたりまえに人々の心に存在するのは、こうした圧倒的な光景を、日常的に目にしているからかもしれない。それがあってあたりまえの存在にならないのは、あまりにも圧倒的な存在感ゆえだろう。

左右に寄り添うリュークとナーガが体を伏せる。それに誘われて、珪も城下町を囲む城塞の石積みの上に腰をおろした。

すぐ下は樹海のような森が広がる、目も眩《くら》むような絶壁だが、不思議と怖いとは思わない。心地好《よ》い風が吹き抜ける。

公園で過ごす人々が、珪に気づいて目を止めるものの、不躾に声をかけてくる者はいない。

一方で、珪の背後に近寄る靴音の主には、誰もが敬意を払い、足を止めて腰を折る。それを気配で感じ取りながらも、珪は振り向かなかった。

リュークが、ひとりぶんのスペースを開ける。そこに、見知った気配の主が腰をおろして、図々しいことにも珪の腰に腕をまわしてくる。

「この世界は、美しいだろう？」

見慣れた景色に、何度も感動できると、ヴィルフリートが言う。それにコクリと頷いて、腰を抱く腕をはたき落とすのはやめた。

そういえば……と考える。

ヴィルフリートは、時空を超えて珪を迎えに来たときに、高層ビルの立ち並ぶ景色を見ているのだ。あの都会の風景を、ヴィルフリートはどう感じたのだろう。奇妙な城だとでも思ったのだろうか。

「どうするんだよ」

「どうする、とは？」

「跡継ぎ」

側室を迎える話を断ったそうじゃないかと、問うつもりなく、ただシルヴィから聞いた事実として伝える。

「この先も、代替わりのたびにあんなゴタゴタするのか？　この世界をつくった神様は何を考えてるんだ？」

それこそ民のためにならない。

有能な王と、その血を引く者に、治めさせればいいのに。

「善王の子が、善王とはかぎらん」

「この世界でも、そういうところはかわらないのか」

もっと都合よくできていてもよさそうなものなのに。

どういう意味だ？　と問いたそうにする碧眼を無視して、珪は心地好い風に瞼を閉じる。

「血筋や生まれなど関係なく、その才のある者が玉座につけばいい。血に縛られた統治者など、歪《ゆが》んだ政治の温床以外のなにものでもない」

「王家が途絶えても？」

「世界の理《ことわり》は変えられないが、王家のありかたを決めるのは当代の王だ」

ヴィルフリートの口調の力強さに、珪は片膝《ひざ》を抱えた恰好で、膝に顎《あご》をあずけ、傍《かたわら》を見やる。精悍《せいかん》な横顔が、茜色の夕日に染まっていた。

「たとえ我が子であっても、その才のない者に、俺は王位を譲る気はない。ならば市井から、才覚のあるものを探し出し、教育するほうがよほど効率的で理にかなっている」

ほかの王家がどうであれ、この先も愚かな施政者によって世界に歪みが生じることのないように、ノルド王家は最善の道を模索していくと言う。

「それって、神さま怒らないのか？」

「民とこの世界のために行う政治だ。神の御意志に背くはずもない」

言い切られて、そういうものか……と、半ば呆れてひとつ瞬く。

「ふうん……」

ふいっと顔を背けてしまったのは、自分の頬が朱に染まっているのが、たぶん夕焼けの茜色を受けてのことではないから。

熱を持ったそこを見られたくなくて、顔を背ける。

腰を抱く腕は離れないどころか、ぐっと力が込められ、より密着する体勢に持ち込まれて、文句を言おうと口を開いたはずなのに、動悸《どうき》ばかり激しくて、言葉が紡げない。胸中でクソッと毒づいて、結局珪は口を噤んだ。

「珪」

呼ばれても無視していたら、腰を抱くのと反対側の手が頬に触れる。茜色に染まっていった視界が陰って、唇に熱が触れた。

「お……い、……んんっ」

抗議するまえに咬み合わされて、文句が喉の奥に消える。

不躾に声をかけてくる者はいない。でも、今、街行く人という人が皆、新王と異世界からやってきた鍵の王妃とに注目している。

祝福の視線を浴びながら、遠慮なく口腔内を貪《むさぼ》る舌の熱さに、やがて思考が痺《しび》れはじめ、珪はヴィルフリートの騎士服の襟元を無造作に摑んだ。

自ら口づけを深くして、若き王がベッドのなかではいかにキチクでやさしくないか、皆の前で暴露してやろうか、なんてできもしない妄想を働かせながら、人目もはばからず口づけに溺《おぼ》れた。

しょうがないではないか。

この世界の行く末を、力強く語る男の横顔に、うっかりときめいてしまったのだから。

育った世界の価値観を崩すことは容易ではないはずで、自分は男なのに……という気持ちもいまだ拭えないでいるのに、そんなことは瑣末《さまつ》な問題だと言い切る、伴侶の言葉のほうに納得させられる。

この世界の価値観を自分で自覚する以上にすんなりと受け入れつつあるように感じられるのは、やはり自分がグレーシュテルケの生まれだからだろうか。

育ててくれた父母のこと、向こうの世界の友人、知人、同僚たちとの日常。あたりまえに平和で幸せだった日々を捨てていいとは決して思わないのに、帰るべくして帰ってきたと、感じてしまう自分を、果たして許していいのだろうか。

愛情を注いで育ててくれた父母を裏切ることにはならないだろうか。自分は薄情な人間だろうか。

そんなことを、夜毎《よごと》考えるのに、こうしてヴィルフリートの体温に触れていると、そうした想いすら忘れてしまいそうで……。

日が落ちて、大きな月が藍色の空に浮かぶと、考えてしまうのだ。

向こうの世界で、自分の存在は、どうなっているのだろうか、と。

ヴィルフリートに拉致《らち》されたときに、手にしていたビジネスバッグは落としてしまった。落とし物として処理されているのだろうか。それとも、自分の存在ごと、すべてなかったことになっているのだろうか。

いっそそのほうがいい。

だったら、二度と墓前に参ることのかなわない父母に申し訳ないとか、反故《ほご》にしてしまった友人との約束や取引先との仕事とか、もしかしたら失踪《しっそう》者扱いで警察に迷惑をかけていないだろうかとか、気に病まなくて済む。

そうでなかったとしても、友だちや同僚は、ひとしき悲しんでくれるだろうが、きっとすぐに日常に忙殺されて、忽然《こつぜん》といなくなった人間ひとり、社会からはすぐに忘れられる。

だから、自分を必要としてくれるこの世界にこそ、自分の居場所はあるのだと、わかっているのに、でも藍色の空に浮かぶ月を眺めていると、それでもやっぱり、でも……と考えてしまうのだ。

そんなことを、女々しくぐるぐると考えていたら、ヴィルフリートの体温が切なくて、どうしてもベッドに向かう足が重くなった。

側室のことなんてどうでもいい、自分はそんなに女々しくない、なんてシルヴィには返しながら、それ以上に女々しいことを、夜毎ぐるぐると考え込んでいるだなんて、情けなくて誰に言えたものではない。

口づけが解かれ、頬を触れ合わせる。ヴィルフリートの唇が肌をくすぐり、耳朶《じだ》を食《は》む。高い鼻梁《びりょう》が、旋毛《つむじ》をかき分け、そこにもキスが落とされる。

じゃれるような愛撫《あいぶ》を受けながら、とうに藍色に染まった夜空に浮かぶ月を見上げる。

「美しいな」

珪の視線を追って、ヴィルフリートが呟く。

さきほど「この世界は美しいだろう」と問われたときには気づかないで済んだのに、いまさらくだらない情報が脳裏を過《よぎ》るだなんて。

月はどこで眺めても美しい。違って見えるとすれば、誰と一緒に見上げるかによるのだろう。

クスリ……と笑みがこぼれた。

何がおかしい？　と、ヴィルフリートが問う視線をよこす。

「それさ」

「ん？」

「俺が育った世界の俺が育った国じゃ、別の意味があるんだ」

ヴィルフリートは意味がわからない、という顔で碧眼を瞬《しばたた》く。

「異国の言葉を翻訳するときに、キザったらしいことを考えた古い作家がいたらしくてさ」

ますますもって意味がわからないと眉根をよせる美丈夫に、珪はもうなにもかも呑み込んでいいのかもしれないと、達観した笑みとともに言葉を返した。

「月が綺麗ですね、って、俺以外のまえで言うなよ」

これまではしょうがないにしても、この先は許さない。

明治時代、英語教師をしていた夏目漱石《なつめそうせき》が I love you を「我君を愛す」と訳した生徒に対して、日本人はそんなことは言わない、「月が綺麗ですね」とでも訳しておきなさい、と返したという逸話がもとで広まった話。

事実かどうか根拠のない都市伝説だとも言われているが、でも日本人の気質を言い表した好例ではないかと珪は思う。事実かどうかなど、詮索《せんさく》することのほうが、それこそ野暮だ。

似た話に、二葉亭四迷《ふたばていしめい》が「わたし、死んでもいいわ」と訳した、というものもある。こちらはまたさらに情熱的だ。

「答え合わせはしてくれないのか？」

説明が欲しいとせがまれても応えてやる気はない。

「もう言った。二度は言わない」

ヴィルフリートを受け入れたときに想いは伝えた。二度目は、気が向いたらそのうち。

「言ったら？」

「言ったら殺す」

自分は死んでもいいなんて言わない。かわりに、殺してやる。

ニッコリと返すと、ヴィルフリートは「情熱的だな」と呆れたように笑った。

「どんな愛の言葉より熱烈だ」

「都合のいいように受け取りやがって」

月にまつわる言葉の意味を、理解しているわけではないはずなのに。存外的を射ているからムカつくやら愛《いと》おしいやら。

気恥ずかしくなって、傍に寝そべるナーガを抱き寄せようとすると、その手を制され、引き寄せられる。

「もういいだろう？」

抱くのなら獣の温《ぬく》もりではなく、自分にしろと、背に腕をまわすように促された。

自分より体格のいい相手の腕の中にすっぽりおさまるのも、悔しいけれど相手を認めればこそ、悪くないと思えてしまう。

自分に愛を囁《ささや》くのは、この世界の王だ。他の誰でもない、この自分が王にした。そうすることを望んだ。

身を起こしたリュークが、今度は周囲の視線からふたりを隠すように背後に移動する。ナーガもそれにならった。

「さっきした……」

またも口づけようとするのを「しつこい」と制しても、聞き流される。

啄むような口づけが繰り返し与えられる。子どもをいなすようなそれが、やけに気恥ずかしい。でも、心地好い。

肩をなぐりつけようと握った拳《こぶし》をさしたる逡巡《しゅんじゅん》もなく下ろした時点で、自分の負けだとわかっている。

「料理長に詫《わ》びなくてはな」

唇を触れ合わせる距離でヴィルフリートが小さく笑う。

「……？」

「ディナーを無駄にさせてしまう」

意味を計りかねる珪の耳元で低く囁く、その声音で、珪は意味を理解した。そろそろディナーの時間だというのに、湯気を立てる料理の並んだダイニングテーブルを素通りして、ベッドルームに直行しようというのだ。今宵こそ、もはや逃がさないと、間近に迫る碧眼に滲む熱。

もう充分考える時間はあったはず。これ以上逃げつづけても結果は同じだと言外に言う。言葉以上に饒舌《じょうぜつ》な眼差しに、逆らう術《すべ》はもはやみつけられない。

「この場で押し倒さなかっただけ褒めてやる」

衆人環視のなかでこれ以上の不埒《ふらち》を働こうものなら、寸止めなしで拳を繰り出していたところだ。

「怖いな」

「腰の剣を抜かれないだけありがたいと思え」

軽口を叩きつつ、腰をあげる。

手を取られて、振り払うより早く、指と指を絡めて強く握られてしまった。この世界でも、これを恋人繋《つな》ぎというのだろうか。

誰ひとりとして長くつづいたことのなかった歴代のガールフレンドたちとも、こんな甘ったるい触れ合いをしただろうかと、過去の自分の淡白さばかりが思い起こされる。

したのかもしれないけれど、記憶が定かでないということは、そこにときめきがなかったということだ。

だというのに今、恥ずかしさにいたたまれない自分がいる。熱い頬を隠すように俯《うつむ》きかげんに引き摺《ず》られ、大股に歩く足取りもふわふわとして、おぼつかない。

玉座についてなお、気安く街に降りてくる若い王を、グレーシュテルケの人々は、微笑《ほほえ》ましく見ている。散歩に出た鍵の王妃を、御自ら迎えに出てくる酔狂な王を、無粋に呼び止める者はない。

城の警備に就く兵士たちの目にとまらない抜け道を使って城を出た珪と違い、ヴィルフリートは珪の手を引いて堂々と城の門をくぐる。警備に就く兵が、驚いた様子で背筋を正し、敬礼した。

ふたりに気づいて足を止め、「おかえりなさいませ」と腰を折る女官や下働きの者たち。ふたりの様子にどうしたのかと目を丸め、唖然とする侍従。城内の警備に配された王宮騎士たちは、ふたりと直接面識があるがゆえに、より怪訝《けげん》そうな顔で、足早に長い廊下を行くふたりに目を留めている。

自室の扉の前で、ヴィルフリートはふたりの一歩後ろをついてきたリュークに待てのコマンドを出した。ナーガは、いつのまにか姿を消している。ふらりと、窓から姿をあらわすかもしれない。

「おい、こんな場所で待たせなくても……」

扉の前でコマンドを出すなんて……だったら中庭で自由にさせてやればいいのに、と言い募ろうとした唇は、扉がしまると同時に、今度は情熱的に塞がれる。

先程、茜色に染まる夕焼けのなかで交わしたじゃれ合うようなそれとはまるで違う、貪るような口づけに、息が上がる。

「ん……ふ、ぁっ」

グレーシュテルケの王ともあろう男が、扉に情人を押さえつけて、性急な情事に興じるだなんて。

この世界にあっては、どんな美女も思うまま側室に迎えられる絶対的な権力者でありながら、幼い恋を拗《こじ》らせているなんて情けない。

情けない、のに、可愛いと思ってしまったら、もうダメだ。

年下とはいえ、自分より大柄な男を可愛いと思ってしまうなんて。この世界の濃密な空気にあてられて、自分はおかしくなったに違いない。

やっていることは傍若無人でちっとも可愛くもなんともないのに、リュークに甘えられているときのような気持ちになってくる。

「待……て、こんな……」

荒っぽく貪る口づけをどうにか解いて、せめて場所を選べと拳で背中を叩く。できれば汗も流したい。

そう冷静に考える理性が残っていないわけではないのに、与えられる熱に犯され、思考が朦朧《もうろう》としはじめる。

剣を握る大きな手が珪の腰を抱き寄せ、長い足が膝を割る。

騎士服の襟元を乱され、熱い吐息が首筋にかかった。痛みを感じるほどに吸われて、ゾクリと肌が粟立《あわだ》つ。

腰を抱く手が臀部《でんぶ》に下がり、あの夜のみだりがましい感覚を、いまだ忘れることができないでいる間を布越しに長い指が弄《いじ》る。

はじめて拓《ひら》かれた場所であられもなく感じ乱れた記憶は鮮烈だ。途中から意識が朦朧とするほど情欲に溺れたとしても、恐怖を覚えるほどの快楽など、記憶から消しようがない。

肌をまさぐる熱い手の感触も、自分ですら触れたことのない際どい場所を舐《ねぶ》る舌のいやらしさも、所有の証《あかし》を刻みつけるかに荒々しく最奥《さいおう》を穿《うが》った灼熱《しゃくねつ》の欲望の力強さも。

記憶に刻まれた生々しい情欲が肌をざわめかせて、どうにか逃れようと身を捩る。それを許さないとばかりに、強く腰を引き寄せられた。

高ぶった欲望同士が擦《こす》れ合い、膝から崩れそうになる。

「やめ……っ、……っ！」

抗議の声は再び口づけに邪魔されて、珪は今一度のしかかる背中を叩いた。

とはいえ、自分より大柄な相手に覆い被された状態では、たいした力は入らない。脛《すね》を蹴ってやろうとすれば躱《かわ》され、これではまるで非力な女の抵抗ではないかと胸中で舌打ちしながら、首に腕を回したふりで後ろ髪を容赦なく引っ張った。

貪るような口づけから解放され、荒い息をつく。

不服げな碧眼を間近に見て、胸を突き飛ばし、腕をすり抜けた。もつれそうになる足をどうにか叱《しっ》咤《た》して、部屋を横切る。

「珪」

「シャワーくらい浴びさせろ」

誰も逃げようというのではない。濡れた唇を手の甲で拭って、浴室に足を向ける。追いかけてきたヴィルフリートが後ろから引き止めるように腰を抱いて、珪の肩口に背中から額を預けてきた。

「おい」

弄る手が、騎士服の合わせを割って入り込む。その手を払いながら、首筋に愛撫を落とす唇と格闘する。

「ヴィル、待てって……、ステイ!」

リュークのチビたちだって、もうすこしコマンドを聞くぞと呆れる。

「そんな顔で、声で、言われてもきけないいな」

「……っ！　な……」

「自分がいま、どんな表情をしているか、わかっているか？」

「どんな、って……」

情欲に濡れた淫《みだ》らな顔を晒《さら》している自覚はある。けれど、それを焚《た》きつけた本人に言われると無性に腹がたつ。

後ろから苦しい姿勢で頤を取られて、口づけが落とされる前に、噛みついた。ヴィルフリートは一瞬驚きに目を瞠《みは》ったものの、すぐに眉間に皺を寄せた。

「シャワー浴びさせろって、言ってる」

そんなに待てが出来ないのなら、一緒に浴びればいいではないか。

自分が無意識に口にしかけた言葉の意味するところに気づいてハッとする。カッと頬に血が昇った。

「珪？」

「……っ」

ヴィルフリートを突き飛ばすようにして、腕から逃れ、バスルームにこもろうとするも、かなわず、追いかけてきた男の腕に捕まった。

真っ赤になった顔を隠すようにそっぽを向くも、らしくない表情を見せられたヴィルフリートの碧眼が見開かれれば、言い逃れられない。

それでも足掻《あが》きたいのが男心というものだ。無駄と言われても、意地は張るもの。

ぐいっと腕を引かれて、抱き竦められる。

「いま、なにを考えた？」

耳元に落とされる揶揄。

言葉を返せないまま、ゴクリ……と喉を鳴らす。意図的なものではない。濃い艶《つや》を孕んだ甘い声に、うっかり反応してしまったのだ。

クソッと吐き捨てて、目の前にある襟首を摑む。乱暴に引き寄せて、鼻先を突きつける距離で碧眼を覗《のぞ》き込んだ。

「納得できなくてもいい」

「ヴィル？」

「受け入れられないことは、無理に呑み込む必要はない」

ヴィルフリートのやわらかく落ち着いた声が、珪の心を溶かしていく。

「ただ――」

頰と頰をすり寄せ、珪の体温を全身で感じ取るかのように抱きしめる腕の囲いを狭めてくる。

「――ここにいてほしい」

ここ、とは、グレーシュテルケに、という意味か、あるいは、この腹立たしいほどに温かく包み込む腕の中に、という意味か。

それを面と向かって問うほど、珪も野暮ではない。

「自分が、グレーシュテルケの人間だということは、もう納得してる」

毎晩、もうひとつの人生を夢にみた。グレーシュテルケで育っていたらどんな人生だったのか、無意識の意識がもとめるものを、夢に見ていたのかもしれない。鮮明な夢の中のできごとは、珪にとって、もうひとつの自分の人生だ。

どちらが現実で、どちらが夢なのか。

ふわふわと地に足がつかない感覚が消えないのは、夢に見ていた世界がリアルになったという印象がどうしても拭えないからだろう。

いずれ、時間が解決してくれる。

いずれ、今ある世界がリアルで、吊るしのスーツを着て満員電車に揺られて毎日通勤していたサラリーマンの自分のほうを、実は夢だったのかもしれないと、感じる日がくるだろう。

その感覚を、受け入れきれていないだけだと言われたら、そうなのかもしれない。けれど、珪の感覚的には少し違う。

わかっている、理解している、でも足掻きたい気持ちがどうしても拭えない。それをぶつけられる相手は、ヴィルフリートしかいない。

これは甘えだ。

その事実をこそ、認めるのが何より悔しかった。

「いるよ」

ヴィルフリートの後ろ髪を引っ張って、間近に視線を合わせる。

「俺が、おまえをこの世界の王にしたんだからな」

強要されたわけではない。

望んだのは自分。


王位についてからも、ヴィルフリートは実用性重視の騎士服を愛用しているが、それでも珪が知るいわゆる洋服とは、着脱の面倒さが雲泥の差だ。

ゴテゴテしい見た目に反して軽く、着心地が良いのは、似たものを着せられている珪もわかっているが、どうしても手間取ってしまう。

通常ですら面倒さに辟易《へきえき》しているのに、性急な情欲に駆られているときには、面倒くささが倍増する。この世界にもTシャツとスウェットを広めてやろう、なんて、くだらないことを思考の片隅で考えつつ、珪はヴィルフリートの騎士服を乱暴に剝《は》ぎ取り、ヴィルフリートもまた、珪の纏《まと》う白を基調とした騎士服を、手際よく床に落とした。

湯気に満たされた浴室で、ヴィルフリートに追い詰められ、広い浴槽に沈められる。

湯が波立って、ザッと浴槽から溢《あふ》れる。

危ない！　と声を荒らげるまえに、素肌と素肌が触れて、声を呑み込んだ。

心地好い湯音と、湯から立ち上る爽《さわ》やかな芳香。

温泉宿の大浴場を思わせる広い浴室で、鼻腔をくすぐるのはハーブの香り。大きなブーケガルニのように束ねられて湯に浮かべられた数種類の薬草から抽出された薬効成分の香りだ。

グレーシュテルケではあたりまえの習慣。こうした日常の何気ないひとつひとつにも、いずれ慣れて、気にも留めなくなるだろう。

夜でも世界一明るいと、衛星写真とともに紹介される国の都心に近い場所で育った珪の目には、今は薄暗く感じる夜間の照明にも、やがて慣れて、人が生活するのに充分に思えるようになるに違いない。

必要最低限の明かりが灯《とも》された浴室は、湯気と相まってはっきりと視界がきくわけではないが、間近に抱き合っていれば、すべてを見られてしまう。

いまさらと言われても、一度決めた覚悟はなんだったのかと呆れられても……自分が一番呆れているけれど、それでも拭いきれない羞恥に視線が泳ぐのは勘弁してほしい。

「おい、逆上《のぼ》せる……、……んんっ」

汗を流したかっただけだと胸を押しても、腰に回された腕はますますきつく巻きついて離れない。

互いの熱が触れて、浅ましい欲望が頭を擡《もた》げた。

一度知ってしまった熱情の記憶を呼び起こすのは簡単なことで、それがいい歳《とし》をした大人の男同士ともなれば、即物的な欲情に駆られてもいたしかたない。

けれど今、珪の脳髄を焼こうとしているのは、そんな刹那《せつな》的な欲望ではなかった。

触れ合う肌から伝わる体温の愛しさ。溢れる吐息すら惜しいと感じる口づけの甘さ。それら慈愛に満ちた感情と裏腹の欲望。

腰を抱くヴィルフリートの手が、臀部をなぞり、長い指が間を割る。ビクリと震えたのは、嫌だったわけでも、ましてや恐怖心に駆られたわけでもない。情欲に侵された肉体が、期待に震えたのだ。

それを自覚して、珪は苛立ちをぶつけるように、ヴィルフリートの唇に嚙みついた。

悪戯《いたずら》をいなすように、狭間《はざま》を弄る指が後孔を探りあて、ぐいっと指先を含ませてくる。たったそれだけのことで背筋を震えが駆け抜けて、珪は迸《ほとばし》りそうになった悲鳴をとっさに呑み込んだ。悲鳴ならまだいい。嬌声《きょうせい》に近いものだと、わかるからこそ、聞かれたくない。

声を嚙む珪の意地を蕩《とろ》かせようとするかに、湯の中で珪の後孔に含ませた指を蠢《うごめ》かした。

「……っ、う……ぁっ、………」

珪が腰を跳ねさせるたびに湯が波立って、ハーブの香りが強くなる。

大きな手から与えられる愛撫を甘受するかに、自然とヴィルフリートの腰を跨ぐ恰好で、首に腕を回していた。

「ん……むり、……湯が……」

この体勢でつづけるのは無理だと訴える。

逆上せて脱水症状を引き起こすのがオチだが、それ以上に湯の浮力が邪魔をする。

「……っ」

王にあるまじき舌打ちを耳元で聞いた気がした。

腰を抱く恰好で湯から引き上げられる。珪がふらつくと、あろうことか身体がふわり……と浮いた。

ヴィルフリートに比べれば細身だが、充分に鍛えた肉体をもつ珪はそれなりの体重があるというのに、ものともせず横抱きに運ばれる。

啞然としている間に、浴室からつづく寝室に連れ込まれ、広いベッドに横たえられた。上からのしかかられてようやく、「姫抱き……」と呟く。

「重いのに……」

「女性とは違うな」

ムッと眉根を寄せたのは、無自覚だった。

「珪のツボはよくわからないな」

愉快そうに笑うヴィルフリートに、「誰かと比べたわけじゃない」と即座に返されて、そういう相手がいたのかと、咄嗟に脳裏を過った、名前をつけるのも腹立たしい感情はなかったことにして蓋《ふた》をする。

頭でそうと意識するよりはやく、本能が嫉妬《しっと》した。それを、自分を抑え込む男に見抜かれた。

目端が効くのも観察眼の細やかさも、ヴィルフリートの持つ王としての資質のひとつだが、発揮するのは執務のときだけでいい。

「腹立つ」

「そんな顔で言われても、可愛いばかりだ」

「おまえの目が腐ってるのか、この世界の常識がおかしいのかどっちだ」

可愛いというのは、リュークの幼体のチビたちのような存在に対して使う言葉だ。

「どちらでもないと思うが」

「……ん、っっ！」

早々に腰を抱えられ、間に熱を擦り付けられて、喉が鳴る。憎まれ口をきいているのも、もう限界だ。

だがそれは、ヴィルフリートも同じようだった。

涼しい顔で珪の反応を楽しんでいるかに見せて、その実、今にも爆発しそうな熱を持て余している。

滾《たぎ》ったそれが、珪の敏感な場所を刺激して、熱い吐息が溢れる。

深い息を吐く。

ベッドサイドに置かれた小瓶から局部に垂らされる香油の滑りが、ゾクリ……と背筋を震わせて、
珪は自然と肉体を弛緩《しかん》させた。

そのタイミングを待っていたかに、ヴィルフリートの欲望がグイッと埋め込まれた。

「……っ、あ……ぁっ」

さして慣らされてもいないのに、受け入れるのはあの夜以来のことなのに、珪のそこはようやく与えられた熱を嬉々《きき》として受け入れ、淫らに戦慄く。香油の効能と言い張るには、あまりにも肉体の反応が顕著すぎた。

珪が苦痛を訴えないのを見とって、ヴィルフリートは珪の反応をうかがいつつも、グイグイと腰を進めてくる。

「や……ぁっ、く……っ」

苦痛はない。けれど、圧迫感は拭えない。だというのに、その奥から、じわじわとせり上がってくる衝動。

焦燥感に焼かれて、腰を震わせる。

縋《すが》るものを求めるように、覆い被さる身体に腕を伸ばし、男の首を引き寄せる。しなやかな筋肉ののる下肢を男の腰に絡ませるみだりがましさは、無自覚のものだが、若い情人を煽るには充分だった。

「あ……ぁっ、……っ！」

最奥まで穿たれて、嬌声が迸る。

責めるように、縋る背に爪を立てたら、「煽ったのはそっちだ」と身勝手な言葉が返された。

「な……に、を……」

自分が何をしたというのかと、文句を返そうとする唇を啄まれ、「二度目はやさしくしようと思っていたのに」と、これまた勝手なことを言われる。

「そん、な…の、頼んで……な、いっ」

誰がやさしくしろなんて言った？　と、背に刻んだ爪痕《つめあと》の上から傷に塩を塗るかのごとく、今一度容赦なく爪を立てれば、上から低い呻《うめ》きが落ちる。

「ずいぶんな仕打ちだ」

「余計な気ぃまわす、から……、……っ！　ひ……ぁっ」

意地を張りつづけるのは、あまりにも不利だった。

珪の憎まれ口を遮るかのように、埋め込まれた欲望が敏感になった内壁を抉《えぐ》り、あの夜と同じ熱い情欲を呼び起こす。

一度深い快楽を知ってしまった肉体は、それ以上のものを与えられなければ満足できないとばかりに、淫らに肉欲を貪ろうと貪欲《どんよく》さをのぞかせる。

こんな硬い男の身体に欲情するなんて酔狂な……と、責める男を嗤《わら》うことはもはやできなかった。自分自身が、その酔狂なバカになっているのだ。自分より強い肉体に組み敷かれて、興奮を覚えている。深い場所で感じる情欲を求めて、もっと熱く激しく、いっそ乱暴に、犯してくれていいとすら考えている。

誰に言えたものではない淫らな本心は、目の前の男には絶対に隠し通さなければならない。でなければ、そのときこそ、自分のすべてが覆りそうだ。

「やさしさなんて求めてない」

「珪……」

「信じさせてくれればいいんだ」

この世界に〝帰ってきた〟のだということを。

この世界こそが、自分の生まれ故郷であり、あるべき場所なのだということを。

途方もないファンタジーな夢を見つづけていたのではなく、この世界こそが真実なのだと。

そして、鍵としてヴィルフリートをグレーシュテルケの王に選んだことを、絶対に後悔させせないと。

「間違えるな」

「……珪？」

「俺が、おまえを選んだんだ」

鍵を探して連れ帰ったのがヴィルフリートだったとしても、それを良しとしたのは自分、ヴィルフリートを王に選んだのも自分、王に求められてグレーシュテルケを導く鍵の王妃になったわけではない。鍵である自分が、ヴィルフリートを王に選んだのだ。

「ならば、言って欲しい」

腰にからみつく珪の太腿《ふともも》にいやらしく手を這《は》わせ、膝の内側に唇を押し当てて、ヴィルフリートが請う。

「そなたひとりを愛せと。側室など許さないと。裏切りへの報いは、この世界の終焉《しゅうえん》だと」

プライドを振りかざしながらも、最後の最後、この世界の行く末を思うあまり、自身の内に悶々《もんもん》と抱えて呑み込んでいた言葉。

絶対の愛は、この世界と引き換えだという。

「ひどい王様だな」

熱い息を吐きながら、苦く笑う。

この世界の行く末を左右する鍵だと言われても、だから何ができるのか、珪は知らない。自分にこの世界を破滅に導く力があるのかなんて、知るわけもない。

万に一つも、ヴィルフリートが珪を裏切ることがあるとも思わない。運命だとか、絆《きずな》だとか、神の啓示だとか、飾る言葉もなんだっていい。

背を抱く手を滑らせて、のしかかる身体を引き寄せ、耳朶に唇を寄せる。

「おまえは、俺のものだ」

この世界ごと全部。

艶めく声音で恫喝《どうかつ》する。

「裏切ったら殺す。この世界ごと消滅させてやる」

塵芥《ちりあくた》も残さない。

グレーシュテルケの人々が幸福であればいいと、願う気持ちに嘘はなくとも、それとこれとは別物だ。

そのくらいの覚悟もなく、世界を導けると思うのなら、大馬鹿者だ。

「情熱的だ。――が」

忽然と消えたただひとりの存在を捜しつづけた、執念を侮られては困る、とヴィルフリートが吐息が触れる距離で低く嘯《うそぶ》く。

直後、埋め込まれた熱が、凶暴さをあらわにした。

「ひ……っ！　あ……ぁっ！　――……っ！」

言質《げんち》はとったとばかりに、乱暴に突き上げられて、しなやかな肉体が跳ねる。

猛々《たけだけ》しい情欲が、蕩けた内壁を擦り上げ、最奥を抉った。

知りたくなかったとすら思わされる、深すぎる喜悦。思考を白く染める劣情の凶暴さに恐怖して、珪は目の前にある肩に縋り、嚙みついた。

「う……ぁっ、は……っ！」

「……っ！」

筋肉の乗った肩に血が滲む。口腔内に広がる鉄錆《さび》味が恍惚《こうこつ》を煽って、朦朧とする意識下、珪は王の肩に犬歯を食い込ませる。

一見して猛獣にしか見えないリュークやナーガのほうがよほどおとなしい。背に爪を立て、肩肉を食い破らんほどに歯を立て、享楽に身悶《みもだ》える。

「ヴィル……、ヴィル……っ」

痛みに眉根を寄せながらも、ヴィルフリートは珪を制さない。

かわりに、荒々しく腰を突き上げ、息を奪うほどに口づけ、珪の爪先から髪の一本まで、ほかの誰にも……珪自身にすら好きにはさせないというように、情熱的に求めてくる。

肌と肌がぶつかる艶《なまめ》かしい音が寝室に響く。

荒々しさを増した律動に揺さぶられて、珪は背をしならせ、声にならない嬌声を上げた。

「い……いっ、も……、……あぁっ！」

激しい声を迸らせる喉に食いつかれ、濃い痕跡《こんせき》を刻まれる。放埓《ほうらつ》の衝撃にビクビクと跳ねる肉体を押さえ込まれ、最奥に熱い飛沫《しぶき》が叩きつけられる。

「——……っ！」

うねる内壁が欲望にからみつき、残滓《ざんし》まで搾り取るように淫らに締めつけた。

腕と足を絡め合って、肌を震わせる余韻に浸る。

「珪……、愛してる」

触れる唇から注がれる愛の言葉には、噛みつくキスで返して、下肢を絡ませ、まだ足りないと煽る。

一度火がついてしまえば、男の身体は容易にはおさまらない。

こうなる予感はあった。もう一度抱き合ったら溺れてしまう。何より自分はそれが怖かったのかもしれないと、珪は甘ったるい口づけに応えながら考える。

埋め込まれたままのヴィルフリート自身が力を取り戻すのを感じて、ゆるり……と目を見開いた。

「う……んんっ、待……っ」

背中を叩くと、ぐうっと唸るような、不服げな声が落ちてくる。

「待てない。おあずけを食らったぶん、取り戻させてもらう」

拗ねているようにも聞こえる声は、いや……事実拗ねているのだろう。ふいに少年のような顔を見せられて、不覚にもドクリと心臓が鳴る。

「おあずけって……」

リュークでもあるまいに、と笑うと、「ずいぶんと余裕だな」と不敵な声が落とされ、穿つ熱がさらに凶暴さを増した。

「ヴィル……、あ……んんっ」

女のような甘ったるい声が恥ずかしいのに、手の甲で声を抑えようとしたら、いまさらだとその手をとられ、指と指を絡めるように握られ、シーツに押さえ込まれた。

「甘く見るなといったろう？」

「……？　ヴィル……？」

珪が忽然と消えたのは、少年のヴィルフリートが幼い恋心を自覚したあとだった。少年の日からずっと、珪だけを想ってきた、それはもはや執着と言っていい。

「お……いっ」

もう何度もされているのに、いまさら恋人つなぎが恥ずかしいなんて、どうかしている。振り払おうとしたつもりはなかったが、ぐっと強く握られて、ドクリと鼓動が鳴った。

「愛してる」

宝石のような碧眼にまっすぐに見つめられ、告げられる真摯《しんし》な愛の言葉。

「……っ」

じわじわと頬を熱くする羞恥に耐えられず、珪は握り返す指に力を籠《こ》め、ヴィルフリートの肩口に額を擦り付ける。痛々しい嚙み痕の残る屈強な肩だ。

自分がつけた痕跡に唇を這わせて、衝動のままに倒れ込んでくる逞しい身体を受け止めた。

重い、苦しいと、色気のない文句を重ねていた唇から、やがて甘い吐息が溢れ、劣情を受け止める内壁が蠢く。

離れていた時間を埋めるには、どれほど愛を囁いても、抱き合っても、足りない。

過去を悔いる気はないが、まさしく今駆られる焦燥に打ち勝てるほど、珪もヴィルフリートも枯れていない。

「執務をおろそかにするなよ、陛下」

「御意に」

ちぐはぐな言葉遊びと、啄むキス、甘い衝動。

のしかかる熱い身体を受け止めて、珪は濡れた吐息とともに、シーツに背を沈ませた。

翌朝の目覚めは、顔じゅうに降る甘すぎるキス攻撃だとか、いつの間にか運ばれた浴室で昨夜さんざんに弄ばれた場所を洗われる感触だとか、あるいは執務を放《ほう》り出した王が懲りずに朝っぱらから挑みかかってきたからだとか、そんな新婚ならではの甘ったるいのも通りこして頭のネジが飛んでいるとしか思えない行動によるものではなく、単純に空腹に襲われてのものだった。

色気もそっけもないが、ディナーを放棄して盛り上がった挙句、結局明け方まで抱き合っていたのだからしょうがない。

二十代後半とはいえ、まだまだ珪の胃袋は元気だ。とくに、グレーシュテルケに戻って以来、食が合うのか体育会系で鍛えていた十代のころのような食欲を覚えて困るほどだ。

でも、筋肉がつくことはあっても、脂肪になっている様子はない。これも、この世界の醸す空気によるものだろうか。

軽快に鳴る腹をさすりつつも、重い瞼を上げられず、そんなどうでもいいことを考えているのは、いかんせん身体が重いためだ。

果てては荒い息をつき、互いの体温を分け合うように抱き合って、熱が引くのを待っていたはずなのに、そうして余韻に浸っていたらまた身体が昂《たかぶ》るのを感じて、欲望に抗わず求め合う。

途中で微睡みつつも、そんなことを繰り返して、気づけば空が明るくなりはじめていた。

寝室のアーチ窓から望む彼方に、朝陽に染まる厚い雲が見えて、その向こうから陽《ひ》が射す。豊穣をもたらす陽光がどこからもたらされるのか、ヴィルフリートの肩越しに窓からの情景をうかがいつつ考えもしたけれど、すぐに思考を放棄して、広い背を抱き返し、瞼を閉じた。そうして二度寝を決め込んだ結果、盛大に腹の虫が鳴いて、目が覚めたのだ。

起きたくない。

でも腹は減った。

瑞々《みずみず》しいフルーツで喉を潤したい。芳ばしいパンにたっぷりのハムとフレッシュなグリーンをはさんでかぶりつきたい。

隣でもぞり……と気配が動く。

緩慢に手を伸ばしたら、その手をとられて引き寄せられ、耳朶に甘い声。

「起きられそうか？」

珪の腹の虫に気づいているのだろう、声が笑っている。

瞼を上げることなく、目の前にある鍛えられた胸板を叩き、絡む足を蹴る。

「まったく我が妃殿は乱暴だ」

「うるさい」

起きられるか？　なんて、どの口が訊くのか。

全身を覆う気だるさとか、節々の痛みとか、全部貴様のせいだ！　と、ひとまず心の中で罵《ののし》って、口づけようと寄せられる端整な顔を、遠慮なく手で押しやった。

「目覚めのキスくらいいいだろう？」

「それで済まない空気を醸してるのはどこのどいつだ」

「しかたない。浮かれているんだ」

実に間の抜けたとしか言いようのない返答を聞いてしまったら、いったいどんな顔でそんなことを言っているのか、目を開けざるをえなくなる。

「色男が台無しのゆるんだ顔だな」

王の威厳などどこにもない、と呆れを滲ませて指摘する。

「いまくらい、ひとりの男でいさせてくれ」

ようやく、長い片思いを終わらせることができたのだから、とヴィルフリートは碧眼に蕩けそうな光を滲ませた。うっかり絆《ほだ》されそうになって、珪は包み込む腕を押しのけ、重い身体を起こす。

膝から力が抜けそうになって、ベッド脇に落ちかけた身体を、ヴィルフリートの腕が支える。カッと頬に血が昇って、その腕を払い、ベッドを降りた。

汗を流して、腹を満たして、そのあとはリュークとナーガを伴って散歩に出よう。ヴィルフリートとふたりきりはよくない。爛《ただ》れた一日を過ごしてしまいそうな気がする。

ローブを纏って部屋を出ようとすると、扉が途中で止まった。開ききらない。

「なんだ？」と思っていたら、重石がどいて、モフモフが顔をのぞかせた。リュークが扉の前で番をするかのように寝そべっていたのだ。

昨夜は、廊下においてきてしまったが、夜のうちにヴィルフリートがなかに入れたのだろうか。寝室までは許可されなくて、扉の前でじっと主のコマンドを待っていたのかもしれない。

アーチ窓に目を向ければ、ナーガの長い尾が揺れている。出窓で日向《ひなた》ぼっこをしているのだろう。

扉の前から退いたリュークが、甘えるように額をこすりつけてくる。

ナーガは、存在を主張するかに尾を揺らすものの、それだけだ。

そこへ、ノックの音。

「失礼いたします」と慇懃《いんぎん》な声がかかって、扉が開けられる。入ってきたのは、側近に連れられた、ヴィルフリートと珪の身の回りの世話を焼く女官たちだ。

珪は咄嗟にローブの前を合わせ、すり寄ってきたリュークの巨体に身をかくす。

仕えることに慣れた彼女らは、主の裸ごときまったく気にも留めないが、こちらはそういうわけにはいかない。

「よくお休みになられたようで、ようございました」

「すまない、朝食をすっぽかしてしまった」

ヴィルフリートが詫びると、「昼食は多めにご用意しましょう」と側近が笑う。昨夜も何も食べていないのだから空腹だろう、と。

何を揶揄されたわけではないのに、頬が熱くなる。珪は手持無沙汰《ぶさた》にリュークの毛並みを撫でた。

側近がともなってきた女官たちは、手に手に何かを捧《ささ》げ持っていた。

「早く陛下にお目にかけたいと、針子たちが意気込んでおりまして」

プライベートを邪魔することを許してほしいと微笑む。その言葉に促されて、女官たちは手にしたものを部屋の中央に設置しはじめた。

それは、いわゆるトルソーだった。

マネキンではない、首のない状態の、ドレスの展示などに使われるもの。デパートなどで見た記憶のあるそれを、この世界らしくもっと簡素にしたものだ。

そこへ、別の女官が、持ち込んだものを着せかけていく。

純白の、レースのような素材。

まるで違う価値観に裏打ちされた世界のはずなのに、どうしてこういう妙なところだけ、似ているのか。

トルソーに着せられたものがなんなのか、珪にも容易に想像可能だった。

床に引きずる裾《すそ》、繊細な刺繍《ししゅう》、ドレスを飾る清楚《せいそ》なドレープと、職人の手によるものだろう、価値のはかりしれない宝飾品。

「いかがでございましょう？　針子の会心の作品でございますよ」

側近はホクホク顔だ。

自分の仕事がいかに完璧《かんぺき》か、自信に溢れている。その一歩後ろに居並ぶ女官たちも……彼女たちは王家お抱えの針子たちなのだろう、どうだ！　とばかりに誇らしげな顔を上げている。

咄嗟に出かかった怒声を呑み込んで、珪は言葉を選んだ。

文句はヴィルフリートに向ければいいのであって、己の仕事を精いっぱいこなした側近や針子たちを責める必要はない。

「あれはなんだ？」

一応尋ねてみる。

「ドレスだ」

純白のレース生地にプラチナの刺繍が施され、宝石が散りばめられた豪奢なそれは、あるひとつの単語しか思い起こさせない逸品だった。

「ウェディングドレスみたいだ」

曖昧《あいまい》さを排除して、今一度問う。

「婚礼衣装だからな」

返答は、実にシンプルだった。

「……誰の？」

恐る恐る尋ねる。

「……」

ヴィルフリートが、何を言い出したのかと言いたげな顔を向けた。

反射的に摑みかかったものの、側近はまだしも、女官たちの目が驚きに見開かれるのに気づいてぐっと堪える。

それを見た側近が、女官たちを下がらせた。

側近には、これから起こる事態と、それによって生じる今後のゴタゴタに備える必要があるためだろう、扉まで下がって控える。

「なんのつもりだ！」

「婚礼の儀の準備だが」

何か問題があるか？　と、惚《とぼ》けられる。

ヴィルフリートは、珪が何を憤っているか、わかっている。わかっていて、惚けているのだ。

「ドレスじゃねぇか！」

「婚礼衣装だからな」

「俺は男だ！」

玉座の間を開ける儀式のときは、派手でゴテゴテしさは否めないものの、騎士服を基調とした衣装だった。だから、ＲＰＧかよ、と胸中で嘆息しながらも、珪は袖《そで》を通した。

だが、今、目の前にあるのは、どこからどうみてもウェディングドレスで、要は女性のために用意されるもの。自分が着るべきものではない。

「母が、先王——父のもとに嫁いできたときに、着たものを手直しさせたんだ」

ヴィルフリートの説明に、珪がぐっと詰まる。

卑怯《ひきょう》だぞ、と咬みつきかけて、それも呑み込んだ。

叱《しか》られたリュークのように、しゅんっと肩を落とす年下の情人を、無碍《むげ》にできるほど珪はクールになりきれない。

絶対に、珪が強く言えないのをわかっていて、そう見せているだけなのに。

そこまでわかっていて、でも強くでられない。

腕力でどうにかなることなら、頷いたりしない。でも、感情面に訴えられると弱い。

「わかっている。嫌なら無理にとは言わない。私の自己満足だ」

母の形見を、愛する人に受け継ぐ。そのために珪の体形にあわせて仕立て直した。でも、無理にでも着せようというのではない。

「母は、自分が父の鍵として存在できなかったことを、終生後ろめたく思っていた。王妃の座にありながら、その立場をよしとしていなかった」

先王は、鍵を得ないまま、なし崩し的に王位についたと、ヴィルフリートが玉座に就くゴタゴタのさいに聞きかじった。詳細は聞いていない。この世界の理にそった対処だったのだろうが、しかし最善ではなかったということだろう。

その母の、思い出の品を、鍵の王妃へ。

自分が玉座に就いたときには、王妃に母のような肩身の狭い思いは絶対にさせないと、幼い日、ヴィルフリートは心に誓った。それがかなって、ようやくこのドレスが陽の目を見るときが来た。だからどうしても、無駄に終わって針子たちを落胆させることになっても、仕立て直ししたかったのだ、と……。

「……ずるいぞ」

むすっと吐き捨てる。

なにが？　という顔で、ヴィルフリートが目を細める。

ほらみろ、その表情、絶対に自分の言いたいことなど、わかっている顔だ。

珪は、腹立ちまぎれにリュークの毛をいじって、そして「くそっ」と乱れたままの髪を掻いた。

昨夜の甘ったるい睦言《むつごと》のあれこれは、全部なかったことにする。やっぱり御免だ、俺をもといた世界に返せ！

腹の中ではぐるぐると文句の言葉が渦巻いたが、結局そのどれも、口にはできなかった。

そのかわりに、「腹減った」と、とりあえず目前の欲求を口にする。

「風呂《ふろ》入ってくる」

ついてこようとするヴィルフリートに「べつべつだ！」と待てを言い渡す。これ以上空腹には絶えられない。

苦笑するヴィルフリートと、扉の脇で笑いをこらえて口元を引き攣らせる側近と、何事かと顔を上げたナーガと。

リュークに扉の前で見張っているように言い置いて、珪は浴室に足を向けた。

珪が今度こそ本当にキレたのは、さらに翌朝のこと。

夜のうちにベッドのなかで、ヴィルフリートの両親の話を寝物語に聞いて、うっかり絆され、ついついその場のノリで、「おまえの前でだけなら着てみてやってもいい」と口走ってしまい、言質を取られた。

ヴィルフリートは「嬉しいよ」「ありがとう」「母も喜ぶ」と、甘ったるい声で囁いて、その夜もまた情熱的に珪を翻弄《ほんろう》したのだ。

そのあとで、ドレスの横に置かれたもう一体のトルソーに着せられた、これまた華やかな騎士服を見せられたのだから、騙《だま》された！　と憤っても当然のことだ。

珪のために誂《しつ》えられた、こちらこそ本当の婚礼衣装だった。

金を基調とした王の正装に並んで栄える、プラチナの輝き。腰には、代々の鍵に伝えられる剣を携え、女性のための者とは違う装飾品に飾られている。

ヴィルフリートの命で、グレーシュテルケの手工の粋を集めた逸品に仕上がった。珪のために、グレーシュテルケの人々が、心血を注いでくれた結果だ。

だが、それでも、そうとわかっていても、ブチ切れずにはいられなかった。

「ドレスなんか、絶対に着ないからな！」

「婚礼をとりやめるとは言わないのだな」

「……っ!?」

虚を突かれて、珪は口ごもる。

目の前には、してやったりとしたり顔の、計算高い王の顔。

世界を治めるには、これくらい強《したた》かでなければならないのか。珪のように真っ正直では、政治家は務まらないということか。

次いで「元の世界に帰る！」という、ほんの少し前まで切り札だった文言さえ咄嗟に飛び出さなかった自分に気づいて、珪は地団太を踏む。

「帰る！　俺は元の世界に帰るからな！」

いまさら言っても遅い。

「わかった。ランチには、珪の好きなフルーツをたっぷりと届けさせよう」

「適当に受け流すな！」

摑みかかった手を、今度は捕られて、広い胸に抱き込まれる。

「皆が、王妃の誕生を待っている」

珪がヴィルフリートとともに玉座の間を開いたあと、婚礼の儀はいつおこなわれるのか、披露宴は民にも公開されるのか、民衆たちは期待に満ち溢れている。

今日も扉の脇に控える側近が、ニコリと微笑む。

アーチ窓の向こうには、活気づく城下の街の景色。その向こうには、厚い雲に覆われた、この世界の終わり。

リュークが足元にすり寄ってくる。

今日もいつもの定位置で日向ぼっこをしていたナーガが、長い尾を揺らす。

「ドレスの件は、またゆっくりと話し合おう」

「話し合いの余地はない」

「婚礼の儀は、明日だ」

さらりと、重要なことを告げられる。

「聞いてな――」

もっと早く言え！　と、しごくまっとうな文句は、口づけに邪魔され、腰を抱く腕に絆されて、しようがないと呑み込んだ。

明日でも一年後でも同じだ。

自分はこの世界で、この男と生きていくのだから。

この世界こそが、自分のあるべき場所なのだから。

育ててくれた養父母のやさしい記憶も、向こうの世界の友人たちとの楽しい思い出も、消えるわけではない。だから、いい。

「婚礼の儀に、招待させてもらった」

勝手をしてすまないと詫びられる。

「……え？」

まさか死んだ両親を呼べるわけもない……と考えて、珪は驚きに目を瞠った。

「会いたいと、言っていただろう？」

珪の、実の両親のことだ。

この世界での、家族。

だが、理《ことわり》がある。

鍵に選ばれたら、血縁者との縁を断ち切り、この世界と王のために存在する鍵でなくてはならない。

つまりは、血縁者と、二度と会うことはかなわない。

「いいの、か……？」

シルヴィが聞いたら、眉を吊り上げるのではないか？

「了解はとってある」

本当に？　と確認をとる声は、掠れて音にならなかった。

瞼の奥が熱くなる。

「どうするんだよ、理をやぶってばかりで、そんなんじゃ……」

ヴィルフリートの王としての資質を疑われるのは、珪の本意ではないのに。

「考えていた」

ヴィルフリートの大きな手が、珪の頬を包み込む。

「鍵として選ばれたあとで、珪が異世界に飛ばされたわけを」

「わけ？」

「この世界の神が、無意味なことをするだろうか、と」

そこには、何かしらの意味があるのではないか。珪がもたらしたのは、新しい価値観。この世界にはなかった考え。

「世界は、変わろうとしているのかもしれない」

「ヴィル？」

この世界が、それを望んでいる。珪を鍵にと望んだのは、ほかでもないこの世界――グレーシュテルケなのだ。

「なんでもいいさ」

苦笑とともに、頬を包む手に自身の手を添える。

「つきあってやる、って言ったろ？」

この世界が何を望むのであっても、珪が――鍵である自分が選んだのは、ノルド王家ヴィルフリート王。

「俺が、おまえを王にしたんだからな」

不遜《ふそん》に言う、唇に、愛の言葉。甘ったるいキス。

側近が視線を逸らす。リュークは足元に伏せてコマンドを待っている。ナーガが寝ぼけ眼《まなこ》で、大あくびをした。

エピローグ

藍色の空に、大きな月が浮かぶ。

王家の森の端にひっそりと佇む塔の一室、視界を邪魔するものなく天空を眺められるバルコニーで、腰まである銀髪の美貌の主が、月を見上げ、長く美しい曲線を描く煙管《キセル》を吹かせている。

年齢も性別も不詳の禍々《まがまが》しいほどの美貌を、感情を映さない銀の瞳がより強く印象づけている。

「おまえの目には、何が見えている？」

背後から、両手に杯《はい》を持ったブルネットの髪に緑眼の男が声をかけた。手にした杯の一方を、銀髪美人に差し出す。

「この世の果てを、考えたことがあるか？」

「果て？　雲の向こうのことか？」

グレーシュテルケでは、あたりまえすぎて、誰も疑問に思わぬことを、異世界で二十年あまりを過ごしたあと、戻ってきた鍵は「不思議だ」「奇妙だ」と言う。

「さてね。俺は、手に余る幼馴染のことを考えるだけで精いっぱいだ」

自分の人生は、ただひとりの存在を守り、特殊な力を持つその人物が望む世界のために尽力することだけ。

エーリクがヴィルフリートに仕えるのは、絶対的な指針がそれを望むからだ。

「貴様はどう思う？」

過去に例のない鍵の存在は、吉兆か凶兆か。問われて、屈強な騎士は首を傾《かし》げた。

「おまえにわからないことが、俺にわかるはずもない」

銀髪の美貌の主は、杯のなかみを呑み干して、白い手を伸ばした。

「この姿でいられる時間は短い」

誘う言葉に、エーリクも杯を置く。

「世界は、変わろうとしている」

思考に流れ込んでくるさまざまなものを処理しきれなくなる夜、すべてを一度リセットするために、求める熱。

それと同じことかもしれないと、聡明《そうめい》な魔導士は、ただひとり真実の姿を晒せる男の腕の中で、大きな月を見上げた。

指先で空《くう》を弾く。光を纏った魔導の矢が、藍色の夜空に放たれ、夜の虹をつくる。

願うはただひとつ。

若き王とその伴侶《はんりょ》のために、明るい陽光の射す美しい世界であれ、と——。

あとがき

こんにちは、妃川螢《ひめかわほたる》です。

拙作をお手にとっていただき、ありがとうございます。

今作は、リンクス本誌に雑誌掲載していただいた読み切りに、後日談を加筆したものになります。雑誌で一度お読みくださった方も、はじめてお手に取ってくださった方も、ありがとうございます。

意地っ張りで口の悪い受けキャラとか巨大なモフモフとか、好きなものを詰め込んだお話ですが、私が一番書きたかったのがどのシーンかといえば、後日談の一番ラストだったりします(笑)。

本編主人公の立場は？　って感じですが、もちろん右記のとおり珪《かい》は私好みの主人公なので、ぽんぽんと攻め様を罵るシーンとか、書いてて実に楽しかったのですが、シルヴィのあの設定は、実は当初からあったものの、出せるかな？　無理やりになるなら出せなくてもしょうがないかな……と、ジリジリと書くタイミングを狙っていたものだったので、最後の最後に書けて大満足です。

エーリクも、ヴィルフリートを笑っていられないくらいの苦労人ですね。

イラストを担当してくださいました壱也《いちや》先生、お忙しいなか素敵なキャラをありがとうございました。

雑誌掲載時も扉絵に悩みましたが、雑誌だからこそ新書の表紙っぽくない構図もカラーで見られる！　という己の欲を通させていただき、今回口絵として再掲載していただいたモフモフとお昼寝を描いていただきました。チビのお尻が……！　と担当様と悶えた記憶はいまだ鮮明です。

ご多忙とは存じますが、機会がありましたら、またぜひご一緒させてください。よろしくお願いいたします。

妃川の今後の活動情報に関しては、ブログかツイッターをご参照ください。

http://himekawa.sblo.jp/

@HimekawaHotaru
最近はツイッターをメインに更新していますが、相変わらず使いこなせないままなので、コメント等に対して反応が鈍くてもご容赦ください。実はすっごく喜んでます。

皆様のお声だけが執筆の糧です。ご意見ご感想等、気軽にお聞かせいただけると嬉しいです。

それでは、また。どこかでお会いしましょう。

二〇一八年八月吉日　妃川螢

LYNX ROMANCE

小説原稿募集

リンクスロマンスではオリジナル作品の原稿を随時募集いたします。

募集作品

リンクスロマンスの読者を対象にした商業誌未発表のオリジナル作品。
（商業誌未発表のオリジナル作品であれば、同人誌・サイト発表作も受付可）

募集要項

＜応募資格＞

年齢・性別・プロ・アマ問いません。

＜原稿枚数＞

４５文字 ×１７行（１枚）の縦書き原稿、２００枚以上２４０枚以内。
※印刷形式は自由。ただしＡ４用紙を使用のこと。
※手書き、感熱紙不可。
※原稿には必ずノンブル（通し番号）を入れてください。

＜応募上の注意＞

◆原稿の１枚目には、作品のタイトル、ペンネーム、住所、氏名、年齢、電話番号、メールアドレス、投稿（掲載）歴を添付してください。
◆２枚目には、作品のあらすじ（４００字～８００字程度）を添付してください。
◆未完の作品（続きものなど）、他誌との二重投稿作品は受付不可です。
◆原稿は返却いたしませんので、必要な方はコピー等の控えをお取りください。
◆１作品につき、ひとつの封筒でご応募ください。

＜採用のお知らせ＞

◆採用の場合のみ、原稿到着後６カ月以内に編集部よりご連絡いたします。
◆優れた作品は、リンクスロマンスより発行させていただきます。
原稿料は、当社既定の印税でのお支払いになります。
◆選考に関するお電話やメールでのお問い合わせはご遠慮ください。

宛先

〒151-0051
東京都渋谷区千駄ヶ谷４−９−７
株式会社　幻冬舎コミックス
「リンクスロマンス　小説原稿募集」係

LYNX ROMANCE

イラストレーター募集

リンクスロマンスでは、イラストレーターを随時募集いたします。

リンクスロマンスから任意の作品を選び、作品に合わせた
模写ではないオリジナルのイラスト(下記各1点以上)を描いてご応募ください。
モノクロイラストは、新書の挿絵箇所以外でも構いませんので、
好きなシーンを選んで描いてください。

1 表紙用カラーイラスト

2 モノクロイラスト（人物全身・背景の入ったもの）

3 モノクロイラスト（人物アップ）

4 モノクロイラスト（キス・Hシーン）

募集要項

＜応募資格＞

年齢・性別・プロ・アマ問いません。

＜原稿のサイズおよび形式＞

◆Ａ４またはＢ４サイズの市販の原稿用紙を使用してください。
◆データ原稿の場合は、Photoshop（Ver.5.0 以降）形式でＣＤ－Ｒに保存し、
出力見本をつけてご応募ください。

＜応募上の注意＞

◆応募イラストの元としたリンクスロマンスのタイトル、
あなたの住所、氏名、ペンネーム、年齢、電話番号、メールアドレス、
投稿歴、受賞歴を記載した紙を添付してください（書式自由）。
◆作品返却を希望する場合は、応募封筒の表に「返却希望」と明記し、
返却希望先の住所・氏名を記入して
返送分の切手を貼った返信用封筒を同封してください。

＜採用のお知らせ＞

◆採用の場合のみ、６カ月以内に編集部よりご連絡いたします。
◆選考に関するお電話やメールでのお問い合わせはご遠慮ください。

宛先

〒151-0051 東京都渋谷区千駄ヶ谷４－９－７
株式会社　幻冬舎コミックス
「リンクスロマンス　イラストレーター募集」係

初出

王子の夢と鍵の王妃	リンクス３月号（２０１８年）掲載作品
王妃の愛と誓約の玉座	書き下ろし

この本を読んでの
ご意見・ご感想を
お寄せ下さい。

〒151-0051
東京都渋谷区千駄ヶ谷4-9-7
(株)幻冬舎コミックス　リンクス編集部
「妃川《ひめかわ》 螢《ほたる》先生」係／「壱也《いちや》先生」係

リンクス ロマンス

王子の夢と鍵の王妃

2018年9月30日　第1刷発行

著者……………妃川《ひめかわ》 螢《ほたる》
発行人…………石原正康
発行元…………株式会社　幻冬舎コミックス
〒151-0051　東京都渋谷区千駄ヶ谷4-9-7
TEL 03-5411-6431（編集）
発売元…………株式会社　幻冬舎
〒151-0051　東京都渋谷区千駄ヶ谷4-9-7
TEL 03-5411-6222（営業）
振替00120-8-767643
印刷・製本所…株式会社　光邦
検印廃止

ISBN978-4-344-84312-7 C0293
Printed in Japan

幻冬舎コミックスホームページ　http://www.gentosha-comics.net

本作品はフィクションです。実在の人物・団体・事件などには関係ありません。